周蓓 主編

『民國專題史』叢書

柳存仁 著

河南人民出版社

上古秦漢文學史

本書敘述了中國先秦兩漢時期的文學發展史，共分爲7章，論及中國文學的起源、詩三百篇、春秋戰國時期的文學、楚辭、賦以及漢代民歌等，是較早的一部關于秦漢文學的斷代研究著作

圖書在版編目(CIP)數據

上古秦漢文學史 / 柳存仁著. —鄭州 : 河南人民出版社, 2016. 10
(民國專題史叢書 / 周蓓主編)
ISBN 978-7-215-10513-3

Ⅰ. ①上… Ⅱ. ①柳… Ⅲ. ①中國文學-古代文學史-上古②中國文學-古代文學史-秦漢時代 Ⅳ. ①I209.2

中國版本圖書館 CIP 數據核字(2016)第 256657 號

河南人民出版社出版發行
(地址：鄭州市經五路 66 號　郵政編碼：450002　電話：65788063)
新華書店經銷　　河南新華印刷集團有限公司印刷
開本 710 毫米×1000 毫米　1/16　印張 11.25
字數 120 千字
2016 年 10 月第 1 版　　2017 年 1 月第 1 次印刷

定價 ：72.00 圓

出版前言

中國現代學術體系是在晚清西學東漸的大潮中逐步形成的。至民國初建，中央政治權威進一步分散和削弱，加之新文化運動帶給國人思想上的空前解放，新學的啓蒙，新知識分子的産生，民國學術如草長鶯飛，進入一個自由而蓬勃的時代。中國傳統學科乃中國學術之根基與菁華所在，民國學人采用『取今復古，别立新宗』之方法，引入西方的學術觀念，積極改造，使史學、文學等學科向現代學術方向轉型。此外，大力推介西方社會科學的新學科和自然科學，在學習、借鑒乃至移植西方現代學術話語和研究範式的過程中，逐漸建立中國現代學科，使中國的學科門類迅速擴展。一時間，新舊更迭，中西交流，百花齊放，萬壑争流，開創了中國現代學術的源頭。

伴隨知識轉型和研究範式轉换而來的，還有學術著作撰寫方式的創新。中國古代的著作向來以單篇流傳，經後人整理匯編後，方以成册成集的面目出現并持續傳播。直到十九世紀末，東西方的歷史編撰體裁不外乎多卷本的編年體、紀傳體和紀事本末體等，章節體的出現標志着近代西方學術規範的産生和新史學的興起。章節體具有依時間順序，按章節編排；因事立題，分篇綜論；既分門别類，又綜合通貫的特點。以章、節搭建起論述之框架，結構分明，邏輯清晰，較傳統的撰寫體裁容量大、系統性强。它的傳入，使中國現代學術體系從内容到形式被納入了全球化的軌道。民國時期專題史的研究、譯介、編纂、出版恰恰是在這樣的背景下欣欣而發，是學術的實驗場，也是歷史的記録儀。編選『民國專題史』叢書的初衷正是爲了從一個側面展示中國學術從傳統向現代過渡的歷史進程。

專題史是對一個學科歷史的總結，是學科入門的必備和學科研究的基礎，也是對一個時代艱深新鋭問題的解答，是學術研究的高點。民國專題史著作中，既包含通論某一學科全部或一時代（區域、國别）的變化過程的，又囊括對一時代或一問題作特殊研究的，還有少部分是對某一專題的史料進行收集的。原創與翻譯并重，翻譯的底本大多選擇該學科的代表著作或歐美大學普及教本，兼顧權威性和流行性，其中日本學者的論著占據了相當比重。日本與中國同屬東亞儒家文化圈，他們在接納西方學術思想和研究模式時，已作了某種消化與調適，從思維轉換的角度看，更便于中國借鑒和利用，他們的著作因而被時人廣泛引進。

與當代學術研究日趨專業化、專門化、專家化的『窄化』道路迥乎不同的是，中國傳統學術崇尚『學問主通不主專，貴通人不尚專家』的通識型治學門徑，處于過渡轉型期的民國學術在不同程度上保留了這種特徵。民國學術大師諸學科貫通一脉、上千年縱横捭闔之功力自不待冗言，外交家著倫理政治史、文學家著哲學史、化學家著戰争史等亦不乏其人，民國專題史研究呈現出開放、融通、跨界撰述的特點。與此同時必須看到，自晚清以來，中國的命運就在外侮屢犯、内亂頻仍的窘境中跌宕彷徨，民族存亡仿若命懸一綫。這股以創建學科、總結經驗、解決問題爲指歸的專題史出版風潮背後，包裹着民國學人企望以西學爲工具拯民族于衰微的探索精神，及以學術救亡的愛國之心。梁任公曾言：『史學者，學問之最博大而最切要者也，國民之明鏡也，愛國心之源泉也。』這種位卑未敢忘憂國的歷史使命感和國民意識是今人無法漠視和遺忘的。

『民國專題史』叢書收録的範圍包括現代各個學科，不僅限于人文社會科學，學科分類以《民國總書目》的分科爲標準，計有哲學、宗教、社會、政治、法律、軍事、經濟、文化、藝術、教育、語言文字、中國文學、外國文學、中國歷史、西方史、自然科學、醫學、工業、交通共19個學科門類。本叢書分輯整理出版，内不分科，單本發行，方便讀者按需索驥。既可作爲大專院校圖書館、學術研究機構館藏之必備資源，也可滿足個人研讀或興趣之收藏。

與目前市場已有的一些專題史叢書相比，『民國專題史』叢書具有規模大、學科全、選本精、原版影印的特點。本叢書選目首重作者的首創、權威和著作影響力，尤其注重選本的稀見性。所謂稀見，即建國後没有再版，且多數圖書館没有收藏，或即便有收藏，也是歸于非公開的珍本之列予以保存，普通讀者難以借閲。部分圖書雖有電子版，但作爲學術研究的經典原著讀本，紙質版本更利于記憶和研究之用。本叢書精揀版本最早、品相最佳的原版圖書作爲底本，因而還具有很高的版本收藏價值。

『民國專題史』的著作是民國學者對于那個時代諸問題之探究，往往有獨到之處，無論其資料、觀點短長得失如何，要之在中國現代學術史的構建與發展進程中，自有其開宗立論之地位。

呂序

『絲不如竹，竹不如肉，何也？曰：爲其漸近自然。』天下惟自然最美，人工修飾之物，總不如自然的有天趣，所以文章要貴天籟。但是自然之美，發達到一定程度時，加以人工修飾，又是勢所必至的。這個，正代表着自上古至兩漢文學發展的趨勢。

最古的文字，我們現在已經看不見了，或者亦可以說現在還沒有發見。我們所看得見的最古的文字，大約可分爲三類：一種是金石刻文，和尙書中眞正出於古書的一部分，這是散文。一種如老子之類，這是口訣。一種如詩經中較古的一部分，（詩歌的初起，其美是只在其音節的，辭句並無甚意味。而且往往三重四複，並沒有說出什麼話來，如詩經中之芣苢即是。）這是詩歌。都是很質樸的。散文要到戰國策，歌訣之類要到易文言，韵文之類要到楚辭，才算較爲發達。（此以大體言，詩經中較後起的一部分，自亦包括在內。大抵詩經中，風是較元始的，雅頌是較後起的。）這都是春秋戰國時代的事。秦漢之世，還是循着這個趨勢前進。散文如賈、鼂、董、司馬氏等，固然是意無不盡。詩歌出於較通文墨的人的，則由四言發展爲五言；其存於農夫野老婦人孺子之口的，則爲漢武帝時所采的趙、代、秦、楚之謳，後人以其機關之名稱之，謂之樂府。

這時候的文章，完全是出於自然的，出口成章，並不加以修飾。然而經過一個時代，人工的修飾，就要隨之而起了。這一個運動，使文字的數目，大大增加。又把一部分古語，代替了當時的言語，使言文漸漸分離。這一個運動，把文字的內容擴大了，却使其趣味減少。

秦漢時代的字書，我們所知道的，有李斯所作的倉頡篇，趙高所作的爰歷篇，胡毋敬所作的博學篇，合計三千三百字。（其中本有複字，後已被揚雄換去。）揚雄所作的訓纂篇，二千四十字。班固所作的十三章，七百三十二字。合計六千七十二字：現存的說文解字，則其都數爲九千三百十三，可見字數的逐漸增加。這種增加的字，果何從而來呢？我們試看東漢、魏、晉時崇尚古文學的人，每每嘗譏人家不識古字，如尙書僞孔安國傳序說：『科斗書廢已久，時人無能知者。』這固然是野言，然其說亦必有所本。篆隸之異，只是筆畫形狀，識隸書的人，斷無不識篆書之理。然則所謂時人不識古文者，與其說是字體的改變，還不如說有許多廢而不用之字，又給好古的人去搬出來了。漢書藝文志說：元始中，徵天下通小學者以百數，各令記字於庭中，揚雄取其有用者以作訓纂篇，而揚雄傳說：劉棻嘗從雄學作奇字。所謂有用，就是日常使用的，所謂奇字，就是不甚行用的，如現今所謂業經死去的文字了。這許多字，給做文章喜歡博洽和生僻的人，又通統搬了出來。然而還不止此。三國吳志虞翻傳注引會稽典錄說：孫亮時，有山陰朱育，少好奇字。凡所特達，依體象類，造作異字，千名以上。可見當時好奇字的人，還有自造新字的。（當時好辭賦者，多稱其能多識鳥獸草木之名，此等名詞中，必多新造之字。）把已廢不用的古字，通通搬了出來，再加以自己之所造作，其所做的文章中，人家不認得的字，自然多了。我們現在讀漢賦，生僻的字極多，就是爲此。這種趨勢，在做文章的人，除使人震驚其博洽，及感覺一種生僻之趣外，並無別種意味。

還有一種，便是所謂爾雅運動。雅與夏卽係一字。大概古代音讀之殊，以楚夏爲兩大宗，亦卽如今南北方言之異。因文明程度的高低，在古代的趨勢上，早就以夏言爲正。所以論語上說『子所雅言，詩、書、執禮，』而孟子譏許行爲『南蠻鴃舌之人。』然而到漢代，所謂爾雅者，已非復近於夏言之謂，而爲合於古語之意。公孫弘請置博士弟子說：『詔書律令下者，明天人之際，通古今之義，文章爾雅，訓辭深厚，恩施甚美，小吏淺聞，不能究宣，無以明布諭下。』史記樂書說：『今上卽位，作十九章，通一經之士，不能獨知其辭，皆集會五經家相與共誦講習之，乃能通知其意，多爾雅之文。』漢書王莽傳：莽頒符命四十二篇於天下，『其文爾雅依託，皆爲作說。』這所謂爾雅，明明都是近古之義。雅字何緣有古字之義呢？顏師古說：『爾雅，近正也。』蓋初以雅言爲正，而雅字遂引伸而有正字之義，其後改以古語爲正，爾雅之義，就從近正變爲近古了。在此趨勢之下，修辭造句，都可以古爲準，不顧其與口語合否，不但不以之自慊，而且還以之自矜，而言文遂漸漸分離。

言文的分離，和作文好用冷僻之字，不過使人見了覺得有一種新奇之感。順此趨勢，遂有造句亦務求其特別的。譬如揚雄諫止哀帝拒絕烏珠留單于來朝書說：『往時嘗屠大宛之城，蹈烏桓之壘，探姑繒之壁，藉蕩姐之場，艾朝鮮之旃，拔兩越之旗，近不過旬月之役，遠不離二時之勞，固已犂其庭，掃其閭，郡縣而置之，雲徹席卷，後無餘菑。唯北狄爲不然，眞中國之堅敵也。三垂比之縣矣，前世重之茲甚，未易可輕也。』此中屠城，蹈壘，探壁，藉埸，艾旃，拔旗，句句變換，以及犂庭，掃閭，雲徹，席卷等，都是有意選用的新奇可喜，富於刺激性的字眼，而句調亦極整飭，這都是有意爲之的。這種文字，在當時大約惟懂得小學，而又擅長辭賦的人，乃能爲之，『達而已矣』的文學家，都不能爲。我們讀此等文字，亦未嘗不激賞其組織的精能，極人工修飾之美，然而比諸衝口而出，純任自然的文字，總還覺得其天趣的不如。文章最精微之處，在於聲調。聲調之美，無過於太史公，這大約是講舊文學的人，十之八九，可以承認的。太史公的文章，聲調之美，原因何在呢？我敢說全在其基於口語。我們讀古書，覺得在先秦時代，句子的冗長，無過於墨子，在兩漢時代，則無過於史記。（足與史記並稱的，其實不少。如王充論衡，其辭句亦甚冗蔓。）墨子書句子的所以冗長，即因其上說下教，只求人之易解，而不求其美麗之故。史記句子之冗長，是人人所知，其實已經鈔寫的人刪節過了。眞正史記的原文，比現在我們所看見的還要冗長一些，試看史通點煩篇所引可知。史公文字句子的冗長，無疑的，乃由其按照當時的口語寫出。此等文字，在言文業經分離，行文力求簡潔之世，文學家怕多數覺得其該刪改的，不過拘於尊古的習慣，少有人敢繼劉知幾之後而言點煩罷了。然而文章筆調最美的，却亦出於史記之中。試看太史公自序：『遷生龍門，耕牧河山之陽。年十歲則誦古文。二十而南遊江、淮，上會稽，探禹穴，窺九疑，浮於沅、湘，北涉汶、泗，講業齊魯之都，觀孔子之遺風，鄉射鄒嶧，戹困鄱、薛、彭城，過梁、楚以歸。於是遷仕爲郎中，奉使西征巴、蜀以南，南略卭、笮、昆明，還報命。是歲，天子始建漢家之封，而太史公留滯周南，不得與從事，故發憤，且卒，而子遷適使反，見父於河、洛之間。』此中『年十歲則誦古文』一句，崔觶甫史記探原疑爲後人竄入，我亦頗有同感。今卽置此等考據問題於弗論，而這許多句子之中，除『年十歲則誦古文，』『於是遷仕爲郎中，』『是歲天子始建漢家之封，』『故發憤且卒』數語而外，無一句不有地名。使有意於做文章之人爲之，其聲調豈復可誦？卽使勉强做到可誦，亦至多不至於棘口，要求誦之而覺其和諧宛轉，必不可能了。而太史公却能之。此豈其別有繆巧，不過卽本於當時的口語罷了。無論那一種語言，都有其自然的聲調，自然的聲調，無不和諧宛轉，曲盡其妙，爲學做文章的人窮老盡氣所不能至，此卽所謂天籟，此卽所謂自然，爲人工修飾所萬不能及。現在守舊的人，極力反對語體文字，而不知其所認爲最美，奉爲典型，終身學之而不能至的，正卽若干年前的語體文字；而現在的語體文字，過若干年後，其中精美的，亦必爲後人所欣賞，一如吾儕今日之於先秦兩漢之書，（但鄙倍者除去。此則古文中亦有鄙倍者，不獨白話也。）雖事非吾儕所能見，而理却可以預決的了。

然當時的人，讀了此等文字，不過如我們今日之視語體文字，或者淺近文言，並不覺其如何美妙，而其所視爲美妙的，倒是加以人工修飾，使之與自然相遠的。於是用字務求新奇，造句務求齊整，遂漸形成漢、魏時代的駢文了。駢文初興之時，去口語尚不甚遠，未至完全不適於用。到後來愈離愈遠，不但不適實用，而且其所謂美者，亦實在覺得索然了。於是又有所謂划除浮靡的運動，而韓退之遂被稱爲文起八代之衰。上古時代，文學漸次萌芽，到東周西漢之世而達於極盛。其時人工修飾之弊漸興，亦即自然之文體漸壞。至文體之壞達於極點，而文學上之所謂美者亦全亡，只賸些人工修飾的部分，索然無生氣了。自上古至南北朝之末，文學的變遷，實具有佛法上成、住、壞、空四種相，而先秦兩漢的文學史，該括著其中的前三種。

此時期的文學史，是非在文學上有相當修養的人不能做的。不懂舊文學不好，不懂新文學又不好。而且講到此時的文學，非略通古書義例不可，這又是不能不懂得考據的。要這三方面兼擅之才，卻眞不易得了。而這一部書就是其書。內容讀後自然見得，無煩我的徵引了。

三十年一月五日於孤島，武進呂思勉。

自序

上古秦漢文學史凡七章，章之篇幅長短，因材料內容之繁簡而異，凡所舉例引證，皆並世學者主張，擇其善者而從之。故其時代雖自有約限，而自纂述之日迄於完成，亦已兩歷寒暑。各章文字，先後在光華大學及太炎文學院印為講章，教授諸生，並承呂誠之先生賜長序，定書名，彌覺珍感。凡所援徵，大率以胡適之，顧頡剛，傅孟眞，容元胎四先生所說為最多，詩三百篇及春秋戰國二章例證，皆適之先生所選，迄今未見露布者，復承顧容兩先生鼓勵印行。書成之歲，余移居香港，治西洋漢學，謁林語堂，許地山，容元胎，陳寅恪，袁守和諸先生，頗加策許，擬更自譯此書為西文，今乃先於此謝之。中華民國二十九年臘月，存仁自記。

目錄

上古秦漢文學史

第一章　緒言

文學一詞之解釋，在古籍中所稱引者，與吾人今日所習聞而正確之文學觀念，未能盡相符合。考文學二字最早見於載籍者，厥爲論語『文學子游子夏』（先進）。『文』字據馬融注，指爲『古之遺文』，同書又有『周監於二代，郁郁乎文哉』之語，則文學爲詩書禮樂，同於典籍文獻。墨子言『今孔子博於詩書，察於禮樂，詳於萬物』（公孟），荀子謂『子贛，季路，故鄙人也，被文學，服禮義，爲天下列士』（大略），而韓非復云：『人主顧漸其法令而尊學者之智行，此世之所以多文學也』（問辯），均可爲先秦時代指文學爲博學與文獻之證。迨及兩漢，更以文學泛指一切學術而言。漢書儒林傳記武帝時官遷留滯，吏百石通一藝以上者，補左右內史大行卒史，比百石以下，補郡太守卒史，先用誦多者。此一藝蓋指一經言。誦經書者衆，當時卽美之爲『公卿大夫士吏，彬彬多文學之士。』故其時之文學觀念，實與學術相淆混而不可分辨。魏晉而後，風氣略有改變。有倡言文學應自有其特殊之範疇，而與『玄』『儒』『史』分稱四科者，自宋文帝始。其前，則范曄後漢書文苑傳贊陸機文賦已肇其端。其後，則梁昭明太子蕭統亦嘗舉『贊論之綜緝辭采，序述之錯比文華，事出於沈思，義歸乎翰藻』者，爲其纂輯文選一書之綱領。嘗云『詞人才子，則名溢于縹囊；飛文染翰，則卷盈乎緗帙。』（文選序）此一時期之文學，雖極傾向於駢儷綺靡，窮妍辭藻之一途，然衡以今日之文學觀念，亦漸相類似。吾人固非主張文學專以堆砌藻飾爲務者，然文以明道或載道之說，究未能包羅文學之全體。北宋周敦頤爲理學之開創大師，嘗謂『文，所以載道也。不知務道德，而第以文辭爲能者，藝焉而已』（通書），苟細研其意，可知其非絕對排斥美文之作用，惟譏當時俗文之過於襞積故實雕繪語句者，無裨於實用而已。故其心目中之文學觀念，亦必與學術殊指，有承認『文辭』『文藝』之傾向；此則認識甚清，較之漢儒以『明天人分際，通古今之誼，文章爾雅，訓辭深厚』（漢書儒林傳）爲文學者，其思想之進步亦區以別矣。清儒顧炎武固痛斥文人求古之病者，謂『夫今之不能爲二漢，猶二漢之不能爲尙書左氏。乃勦取史漢中文法以爲古，甚者獵其一二字句用之，於文殊爲不稱。』（日知錄卷十九）又云：『三百篇之不能不降而楚辭，楚辭之不能不降而漢魏，漢魏之不能不降而六朝，六朝之不能不降而唐也，勢也。』（同書卷二十一）其時代觀念認識之透澈，賢於當時諸儒遠甚，然仍主張『無關於經術政理之大則不作，』而謂『韓文公文起八代之衰，若但作原道原毀爭臣論平淮西碑張中丞傳後序諸篇，而一切銘狀概爲謝絕，則誠近代之泰山北斗矣，今猶未敢許也』（與人書十八），則載道之言，實爲一般學者矯枉過正之通弊，未可持其一端而議論其對文學認識之全體也。輓近則章炳麟云：『文學者，以有文字著於竹帛，故謂之文，論其法式，謂之文學，』其說未免過於廣泛。然又云『凡云文者，包絡一切箸於竹帛者而爲言。故有成句讀文，有不成句讀文，兼此二事，通謂之文。局就有句讀者，謂之文辭。諸不成句讀者，表譜之體，旁行邪上，條件相分，會計則有簿錄，算術則有演艸，地圖則有名字，不足以啓人思，亦又無以增感，此不得言文辭』（國故論衡中，文學總略），則文學亦必屬諸啓人思增感情者，彰彰明甚。

西文之釋『文學』，最早蓋源出於拉丁語之 Litera ，衍變而成 Literature 一字，實含有文字文法及文學等三種意義。近來西人著述中對文學所下之定義，亦有廣義狹義之不同，而採用狹義者較多。如美國韓德氏（Hunt）於其所著『文學原理及其問題』中，闡述其個人對文學之解釋爲：『文學爲思想之文字表現，藉想像感情與趣味爲之媒介，使人易於理解及發生興味，而復出於並非專門之形式。』此種解釋最爲平易而正確，常爲各國書籍中所採用。綜合其定義中所列舉之文學要素，則（一）想像（二）情緒（三）思想（四）形式四者，不可缺一。故優美之文學作品，亦必以啓人思智增人情感爲能事，此蓋中外通儒所論者，體要大致相同，實不偏不倚之論也。

以上所述爲『文學』之解釋，而『歷史』二字之解釋，亦復有新舊說之不同。吾國舊說以爲歷史者，推往古覘未來者也，故其所重視者，爲興亡盛衰循環不斷之因果關係。今說則於探索歷史之因果關係而外，復著重於各時代社會現象之考斷與說明。最初發生歷史之形式，無非爲對一區域一民族一國家過去生活現象及社會狀態之紀載，不復加以論證及解釋。其後，史家乃漸能分析其事蹟之異點及特徵，而爲將來研求其他事蹟或問題之根據。更進則著重演進之歷史過程諸情態之變化，及各種事蹟之因果關係，與夫一事蹟對其地方性民族性或國家性之影響。此以前歷史學逐漸進步之程序也，而更新之史學家所希冀之新歷史觀念，復有異於是。如魯濱孫氏（James Harvey Robinson）於所著人類之劇（The Human Comedy）中，提倡研究及發育歷史之心理，卽多與前人論列有所不同。根據其所主張之學說，則吾人所當研求之新歷史，已非朝代興亡帝王廢立戰爭成敗之記載，亦不僅爲一國家一民族一朝代之敍述。此種新歷史之對象，既不以民族國家爲界限，故常依全人類之生活活動區域爲其範疇。復以吾人所習知之有史時期爲時至短，而人類在地球上之歷史實逾五十萬年，故亦不能以吾人舊日所劃分之所謂時期爲研究之對象。此外則此種新歷史置重於推求文化演變之迹，追索事物進化之來歷，及研究社會現象之眞相，使歷史成爲一和諧體，而熔過去現在將來於一爐。此種新歷史之共同趨向，據歟納氏（Edward P. Cheyney）所列舉之歷史定律，實包括（一）歷史延續性（二）民族國家之變更（三）人類之普遍和諧與相成（四）人類之趨向民治（五）自由範圍之擴張（六）人類暴虐心之減少與同情心仁愛心之擴張六項。因其較現在已有之歷史學爲更進一步之追究，重在研究現存之人類信念風俗習慣等之來源，俾能尋求更精確之歷史規律，故實爲歷史學上之一大貢獻。惟此種新歷史學，在今日尙處萌芽時期，未臻成熟，故吾人研究歷史，雖以此種新趨向爲共同努力之目標，然在此過渡之時期，吾人所紀敍之歷史，仍以紀載過去所發生事物之眞相，原因，及影響三者爲必不可少之鵠的。

根據上述對於歷史之解釋，可知文學史應爲歷史之一部分，而以敍述各時代文學之演變爲其原則。坊間所流行之文學史，多僅羅列各時代作家之姓名，而略不敍及其個性環境作品內容，有類辭典，直錄鬼簿之不若。不知文學既爲生活之表現，且爲演進中之活動歷史，故文學史之作，不惟對於文學作者之個人生活須有精細之探討，即對於產生某一時期文學之時代精神，社會環境，文化氛圍，亦應有確切之認識，再依據事實認識而考察其所發生之影響。根據上述之原則，吾人今更可縷述文學史之任務如次：第一，文學史宜特別注意各時代文學演變或交替之痕迹，原因，及其影響。第二，文學史宜詳敍作家之個性環境及生活全貌，與其作品成就之關係。第三，文學史宜研究文學作品之本身，並介紹優美作品，以供學者之欣賞與參考。

吾國舊無文學專文，正史中與文學史有關者爲藝文志（如漢書藝文志隋書經籍志等），儒林傳（如漢書儒林傳等），文苑傳（如後漢書晉書等），文學傳（如齊梁陳書南史等），文藝傳（如新唐書金史等），或爲文學典籍之紀載，或爲文學家之傳記，僅足爲著述新文學史參考之資料。史書而外，如詩文評述，詩文集序，文話詩話詞話，以及筆記考訂雜纂之屬，亦時與文學史有密切之關係。西漢末劉歆作七略，有詩賦略，爲議論純文學最早之敍述。然其書早佚

（後世頗有輯本，不全），班固漢書藝文志卽源本七略加以删節而成。漢志分詩賦之類爲五，復從歷史演變上而略敍其變遷之大勢曰：『古者諸侯卿大夫交接鄰國，以微言相感，當揖讓之時，必稱詩以喻其志。蓋以別賢不肖而觀盛衰焉。……春秋之後，周道寖壞，聘問歌詠不行於列國。學詩之士，逸在布衣，而賢人失志之賦作矣。』讀此可略窺詩賦略之性質。魏晉六朝間有摯虞之文章流別志論（已佚，後世亦有輯本），劉勰之文心雕龍，鍾嶸之詩品，以及依託任昉所作之文章緣起，並唐宋以後諸相類似之書籍，均約略近於文學史之性質，而體裁容有繁簡異同。遲至清季光緒二十七年（公元一九零一），英人翟理斯氏 Herbert A. Giles 所著之中國文學史（A History of Chinese Literature）始告出版，其書用英文寫成，內容荒謬錯誤之處，出人意外者極多；日本笹川種郎之支那文學史亦幾於同時問世（日本博文館帝國百科全書本），而國人自著之本，仍未出現。復後三年（光緒三十年），北京優級師範館教習林傳甲始著中國文學史成，是爲國人自著文學史之嚆矢。又二年，竇警凡亦著成歷朝文學史（日本東京弘文堂印行）。其書以今日之眼光讀之，亦皆蕪雜不堪。民國以來，文學史之著作風起雲湧，除通史性質者外，更多分體或斷代史之著作。據個人見聞統計所及，至民國二十四年止，爲數已有七十四種。

本書分章敍述，著重於我國各種文學之發生及發展，先以上古迄漢範圍爲限。任何文體之產生，其發展常如有機體之生長，往往自雛形而茁壯，而發展極盛，而漸老漸衰，以迄於僵化消滅。如以整個中國文學史證之，四言詩盛於春秋，至漢代而衰頹；五言詩成於魏晉，唐以後作者亦稀；詞始於唐末五季，南宋後遂一蹶不振，淸詞雖獨樹一幟，多半模仿，究不能出宋詞之範圍。此種形勢，蓋爲歷史演變之自然發展，卽詞以後之南北曲戲文傳奇之衍化，亦莫不然。故本書之所敍述者，卽特別注重各體文學自民間產生文人襲用以後，由長大擴張而漸趨衰老之整個歷史，而尤當說明其產生及演化之原因。

中國文學史之時代最爲悠久，自東周迄淸末，已逾二千四百年，而西周及更早時期之紀載尙不計入。玆編擬先略述吾國文字之起原，而以商以後甲骨金文之文辭記載爲最早信史之根據。其他傳說或與古代神話相糅雜之文學作品，雖不能據以爲準確之客觀史料，然推尋傳說之所從出，亦必有其一時代之社會現象及環境背景爲之根據，仔細尋求，轉足爲考研古代民情風俗之資。故本古人『信以傳信，疑以傳疑』之語，別述爲傳疑文學一節。昔美人穆爾剛氏（Morgan）曾以其畢生之精力研究美洲土人之生活而成其古代社會（Ancient Society, 1877）一書，至今猶大受學術界之推崇。則吾人今日研究古代傳疑文學，苟能以社會學之眼光重新加以估價，亦未嘗無重要之新線索可以發見也。然本書究爲歷史性質，取材要尙謹嚴。各時代僞託或有疑義之作品，仍加以精審之選擇與考證鑑別。此則爲研究各種文學原來之眞象起見，不容譌舛混淆，與遠古傳疑作品自又不同，非編著時自亂其例也。

本章參考書：

文學概論　馬宗霍（商務）

概論第一章　本間久雄著　章錫琛譯（開明）

中國文學論集　鄭振鐸（開明）

中國文學史大綱第一章　容肇祖（開明）

插圖本中國文學史第一冊　鄭振鐸（北平樸社）

國故論衡　章炳麟（章氏叢書）

第二章　中國文學之起原

中國文學之起原，究竟始於何時，殊未可知。當吾人類遠祖生活於邃古之世，彼等是否能以語言表達意志，在有銅器記載之時代以前，至今亦僅能懸爲疑案；然則語言文字孳乳之未能，遑論乎文學作品之發展？要之，古代人類最初能通達語言交換意見之時，端有賴乎其手勢變化或姿態表情之動作，此種動作漸經習慣，與夫動作時自然而聯成之喜怒哀懼等感念之音聲相合，遂成爲語言之起原。語言者，兼音義兩方面言之，而文字則更賦有字形方面之特點。吾國文字初起時之表現，原非爲單獨之字體，而爲繪圖或刻畫式之文字畫。此種文字畫之作用，與原始之語言，蓋同爲表達意志之一種新工具。近人沈兼士嘗申論之，謂：中國文字在象形以前，當有一時期，爲繪畫式之記述，已具文字之形式，而無固定之形音義。繪爲某事物之形式，點畫之間，可隨音變化，意義亦有引申轉變之可能，且無固定之音讀，即舊日金石家所謂殷商鐘鼎中之『圖形』，若『犧形，兕形，雞形，立戈形，立旂形，子執刀形，子荷貝形之類』，吳大澂說文古籀補所不采者是也。其與象形字指事字之區別則在文字畫近繪畫，複雜而流動不居，象形指事字則爲符號，單簡而結構固定。參看沈氏『從古器款識上推尋六書以前之文字畫』一文，刊在輔仁學報一卷一期，及日本考古學論叢第一冊。文字畫幾經變衍及推廣，既成爲公共應用之文字，則其結果除表達意志外，復有記錄語言之效用焉。

就語言方面言之，吾國語言爲單音語，於世界語言系統中，屬於印度支那語系中之中國暹羅語之一部。吾國古代疆域大部分在於今日之陝豫晉魯皖鄂……諸省，佔地雖非甚廣，而語言之統一已感艱難。孟子滕文公篇上有『今也南蠻鴃舌之人，非先王之道，』其所指者許行，孟子鄒人，許行蓋『自楚之滕』者也。同篇下復云：『有楚大夫於此，欲其子之齊語也，則使齊人傅諸？使楚人傅諸？』韓非子謂『鄭人謂玉未理者璞，周人謂鼠未臘者璞，』均可見春秋戰國時各地語言之複雜。漢時揚雄作方言一書，摭采各地不同之語言，謂『舊書雅記故俗，語不失其方，而後人不知，故爲之作釋，』又云：『皆古雅之別語也，今則或同，』則其所紀載者，自必遠溯至春秋戰國間語之可考者無疑。如：『黨，曉，哲，知也。楚人謂之黨，或曰曉。齊宋之間謂之哲。』『娥，嬿，好也。秦曰娥，宋魏之間謂之嬿，秦晉之間，凡好而輕者，謂之娥。自關而東，河濟之間謂之媌，或謂之姣。……好，其通語也。』各地語言歧異之情形，吾人藉此書之追記，蓋可略得梗概。語言既難於統一，而文字符號之用以達意者，自亦難免歧離紛雜之弊。秦時，因政治上之統一告成，而語言文字之複雜未變，遂注意及『同文字』之重要性。丞相李斯改通行大篆爲小篆，自後各地不得隨語言之改變而任意製造歧異之字體。史記秦始皇本紀云：『車同軌，書同文字』（二十六年），『器械一量，同書文字』（二十八年，作琅邪臺，立石，刻頌秦德，明德意），均記載此『同文字』一事之成績。然文字雖告統一，而語言歧雜之問題，仍未有較完善之改革。復因吾國幅員日益開拓，疆域旣漸遼廣，而語言之分歧，遂更形繁異。久而久之，語言文字之記載遂自然趨向於復古之一途，而成後世所謂『文言』，自漢迄今二千餘年間，不通語言之各省域，常利用之爲交通之媒介，於是古文之著述遂特爲浩繁。近二十年來始有統一國語，利用注音符號與陰陽平四聲（國語平聲分陰陽，入聲絕鮮），及建立『國語的文學』等運動，俾吾國語言文字漸成一致。最近更有提倡所謂『大衆語』及拉丁化新文字之主張；其方案均在試行推驗與逐步研究之中，尙未有何種顯著之效果。

吾國文字創始於何時？自昔卽有造字之傳說，然不盡可信。漢許愼說文解字序云：『古者庖犧氏之王天下也，仰則觀象於天，俯則觀法於地，視鳥獸之文與地之宜，近取諸身，遠取諸物，於是始作易八卦，以垂憲象。及神農氏結繩爲治，而統其事，庶業其繁，飾僞萌生。黃帝之史倉頡，見鳥獸蹏迒之迹，知分理之可相別異也，初造書契，百工以乂，萬品以察。』又云：『倉頡之初作書，蓋依類象形，故謂之文，其後形聲相益，卽謂之字，字者，言孳乳而浸多也。』按八卦之創造，本爲古代社會對於生殖崇拜之象徵，更假之爲周易之符號。及數學知識逐漸發達之後，復重演之而爲六十四卦，均爲卜筮宗祀之用，與文字之創始本無何種直接之關係。易傳亦稱『古者包犧氏之王天下也，……始作八卦，』當爲許愼根據之所從出。至後人重卦之說，通常多主文王附六爻，如：史記日者傳云：『司馬季主曰，文王演爲六十四爻，』

論衡正說篇云：『說易者皆謂伏羲作八卦，文王演爲六十四爻，』漢書揚雄傳云：『宓犧氏始以八卦，文王附六爻』是。然亦有主爲神農夏禹或伏羲者。周禮春官：『三易，一曰連山，二曰歸藏，三曰周易，經卦皆八，別皆六十有四。』連山相傳爲夏易，或又以神農所作，故唐孔穎達易正義序云：『鄭玄之徒以爲神農，孫盛以爲夏禹，史遷等以爲文王。』魏志：『易博士淳于俊曰：包犧因燧皇之圖而制八卦，神農演之爲六十四卦。』亦爲神農所作之一證。伏羲之說，則見於淮南子要略訓云：『八卦可以議吉凶知禍福矣，然而伏羲爲之六十四變。』衆說紛紜，不過後世之推測。至於倉頡作書之說，戰國時已多言之。荀子解蔽篇言：『好書者衆矣，而倉頡獨傳者，一也。』韓非五蠹篇言：『倉頡之作書也，自環者謂之私，背私者謂之公。』呂覽君守篇亦言：『倉頡造書，』則倉頡造字之傳說，實爲戰國間人所公認者。然古昔傳說多不免傅會之習，常以善某事者即爲始剏其事之人。如僅據荀子所言，倉頡亦不過爲好書之一人，而非始作書者也。且倉頡漢人傳說，多以爲古帝。路史引春秋演孔圖及春秋元命苞，敍帝王之相云：『倉頡四目，是謂並明，』與顓帝帝俈堯舜禹湯文武並舉。河圖玉版云：『倉頡爲帝，南巡狩，登陽虛之山，臨於玄扈洛汭之水，靈龜負書，丹甲青文以授，』河圖說徵云：『倉帝起，天雨粟，青雲扶日，』而漢熹平六年倉頡碑云：『天生德於大聖，四目重光，爲百王作憲，』說亦與演孔圖元命苞相同。是倉頡究爲何時代，何如人，與夫造字之關係，文籍紛繁，十口相傳，蓋亦難於鉤稽。吾人以爲一國文字之創造，人既不應限於一二特殊之先知先覺，時亦係歷悠久而積漸增進。漢儒附會既甚，而尚書僞孔傳出，以羲農黃帝爲三皇，少昊顓頊高辛唐虞爲五帝，別立所謂三墳五典之書，於是遠在伏羲時精確之文字即已成立，而畫八卦與造文字二事亦因之聯繫而發生密切之關係。苟細覈之，則此說本非古之所有，而語言文字原爲社會間共同利用之工具，其剏始之時，亦必此倡彼和，取譬相成，今日添一語，明日添一辭，此人製一新字，彼人創一新形，孳乳浸多，而文字始漸完備。謂爲一人所造成，布之羣倫而習用之，非特古代必不能有是事，且以社會進化之原則衡之，恐亦不能有是情理也。

眞實可據之古代文字，最早當始於殷商時代。此時之文字已頗形繁複，則距初民創始文字之期，大約已歷若干年代。吾人今日所可見且足徵信之殷商文字，一爲歷代寶藏及發掘之鐘鼎彝器，一爲清末在安陽出土之甲骨。

甲骨文字發現於清光緒二十五年（公元一八九九），地在河南安陽縣之小屯村。初由古董商販出，王懿榮劉鶚羅振玉王國維等，據史記殷本紀洹水南故殷墟之明文，遂斷爲殷商時代之故物，自是中外學者，無不加意搜羅。至民國十七年（一九二八），國立中央研究院歷史語言研究所更進行大規模之發掘。見出版安陽發掘報告。歷年考釋其文字內容，並用以推考殷商歷史文化者，則以王國維觀堂集林中之著述爲最多如說商頌，殷周制度考，殷卜辭所見先王先公考等。羅振玉之殷虛書契考釋，亦可供研究此學重要之參考。此時期之文字形式，大體雖已構成，但制作尚未臻完全固定。故常有一字數形，繁簡各別者，而大要已可用後世之六書說爲之解釋。據近人商

承祚殷虛文字類編 可識者七百八十九字，又待問編約四百字。孫海波甲骨文編 可識者千零六字，合文一百五十六字，不可識者一一一零字。等書之統計，可識者約有二千餘字，足徵當時之文化程度已頗高。此等甲骨近年亦頗有僞造，或龜甲獸骨雖不僞，而所刻文字之眞僞則不能證明者。然經考古學上精密鑑審之後，可確信爲殷墟故物者仍不少，吾人苟能應用舊有豐富之金石與文字知識，對已經諸家鑑定之各物，細加考釋，固亦研究遠古文化之無盡藏也。今略舉諸家所公認者數字爲例，並依六書分類：據容元胎中國文學史大綱。

象形字

馬

虎

指事字

四

九

會意字

祝

見

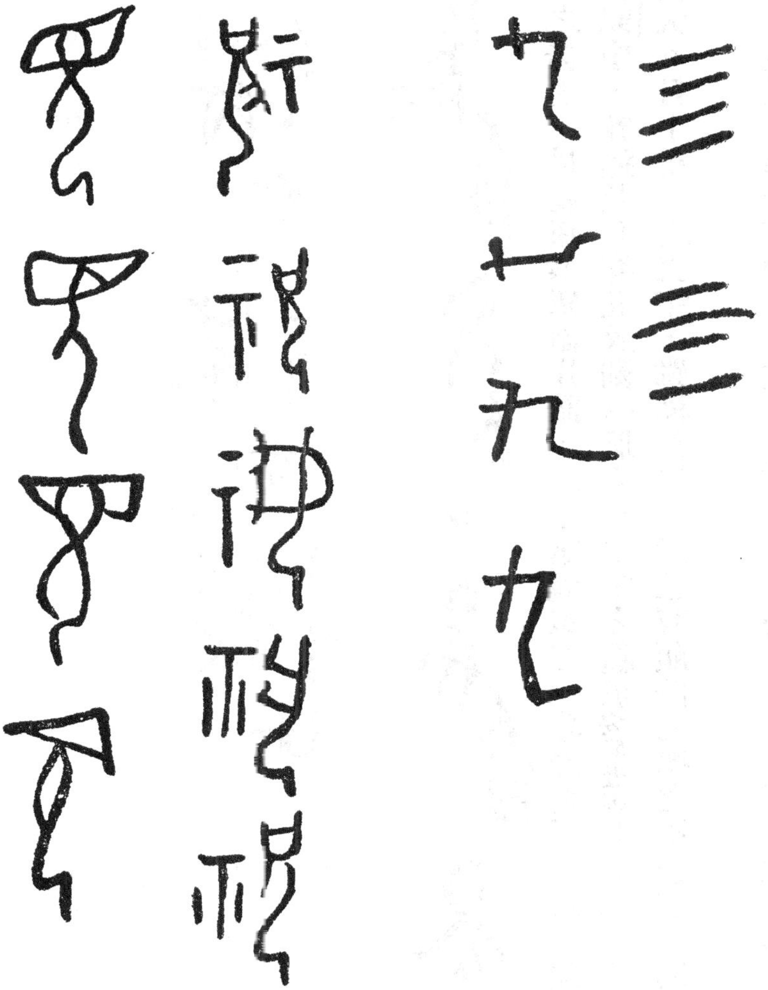

形聲字

遘 雇

甲骨文字之發展，最初僅爲單辭片語，以卜辭爲最多，後乃進爲簡單之記事文。董作賓新獲卜辭寫本後記中，曾述及有穿孔及刻『册六』二字之龜板安陽發掘報告第一期，可見此種龜甲在當時應用之廣大。且卜辭中之文字，雖極簡樸，然已有頗饒文學之風趣者，例如：諸例皆採自郭沫若卜辭通纂。

(1)辛巳卜，貞王賓祖辛丁翌，亡尤。祖辛，先王名。賓，丁，皆祭祀意。翌，卽翌日。

(2)壬子卜，貞王田雝，往來無災。雝，地名。

(3)丁亥卜，貞今夕師亡尤，寧。

(4)辛巳卜，貞今日不雨。

（5）戊辰卜，及今夕雨？弗及今夕雨？

（6）癸卯卜，今日雨。其自西來雨？其自東來雨？其自北來雨？其自南來雨？

觀諸例中文辭之組織及體裁，亦頗與習見之周易卦爻辭相近。例如乾卦云：『乾，元亨，利貞。初九，潛龍，勿用。九二，見龍在田，利見大人。九三，君子終日乾乾，夕惕若厲，无咎。九四，或躍在淵，无咎。九五，飛龍在天，利見大人。上九，亢龍有悔。』謙卦云：『謙，亨，君子有終。初六，謙謙君子，用涉大川，吉。六二，鳴謙，貞吉。九三，勞謙，君子有終，吉。六四，无不利，撝謙。六五，不富以其鄰，利用侵伐，无不利。上六，鳴謙，利用行師征邑國。』蓋均爲古代巫祝卜史之辭。然如『其自西來雨』一例，極與後漢代街陌謠謳之江南可採蓮相似。江南可採蓮，蓮葉何田田！魚戲蓮葉間。魚戲蓮葉東，魚戲蓮葉西，魚戲蓮葉南，魚戲蓮葉北。樸素而自然，和諧而動聽，亦可謂古代民歌中傑構也。

至於銅器之記載發現，與認識其重要性而保存，均較龜甲文字爲早。許慎說文解字序已云：『郡國亦往往於山川得鼎彝，其銘卽前代之古文，皆自相似，』而歷代著錄之者，則始以宋代爲最盛。如呂大臨之考古圖，王黼等之宣和博古圖錄，王俅之嘯堂集古錄，薛尚功之歷代鐘鼎彝器款識，爲其尤著者。至清代而後，鐘鼎彝器之新發現者日多，而斯學之研求亦更進。

商代銅器實爲其中時代最古者，故銘辭之簡樸無華，既與後世之文彩絢爛殊，有時僅著數字，更可作爲研究先民社會生活常型之好資料。如「子」「庚」「癸」鼎，各僅一字，蓋爲記載干支之標識。「蠆鼎」繪一蠆形，「象形饕餮鼎」作一饕餮獸形，「立戈父甲鼎」爲立戈形，「横戈父癸鼎」爲横戈形，亦可窺見時代演遞日趨繁複之痕迹。近人羅振玉輯有殷文存二卷，今依嘯堂集古錄並殷文存二書，略示其梗概如左：

商父乙鼎：見嘯堂集古錄。

庚午，王命寢廟，辰見北田四品，十二月作册，友史錫賴貝用，作父乙尊，〇，册册。

䌛作父乙彝：一名戊辰彝，見殷文存。

戊辰，弜師錫䌛鬯廿卣，賚貝，用作父乙寶彝，在十月一，隹王廿祀，劦日遘於妣戊，武乙奭，豕一，旅。

此等文字，辭極質樸，而意尚艱奧，細加紬理，大抵與甲骨文字同時。然一則爲宗廟重器子孫寶用之銘識，且所刻附者爲銅質，故文字較簡而難瞭，其利便之處有二：所以示傳享之尊重，所以避刻鏤之困難。一則爲祝宗卜史占筮所習見，甲質簿糅，刻字較易，且應用之方面又更廣，流衍滋繁，故文字亦較豐而易解。雖然，此第就商代銅器之特點約加論列，非謂一切銅器文字之質樸率皆類此。譬如稍遲之西周銅器，其銘辭記載之詳盡，較之前代，即有長足之進步。孔子謂『周監於二代，郁郁乎文哉，』其『監於二代』之說，以吾人今日之觀點論之，夏質周文，演化更進，則孔子實甚富於進化觀念與夫時代精神者。而尚書中之文字，亦復與此殷周銅器記載所採之語文形式，有甚深之淵源。

稽考史籍與夫甲骨刻辭鐘鼎彝器之記載，殷周民族與周民族實發源於二不同之地域，而時代亦有先後。大抵殷民族最先居住於吾國東北部沿海一帶，遷徙後定居於河南黃河流域。其時文化程度已頗高，蓋爲漁獵社會進化至農業社會之過渡。觀甲骨刻辭中之注重田獵及卜年卜雨可知。此民族占卜時用龜甲，且已能使用銅器，並有較繁複之文字。周民族則居住於西部大抵在今甘肅陝西一帶，文化程度最初較殷商民族爲低，其發達且在殷中葉以後。此民族占卦習用蓍草其占筮之書即爲周易，因其民族文化程度較低，故未脫遊獵部落獷悍之生活，而尚武精神亦甚著。周武王伐紂克殷後，復併吞河南各地域之小部落，其勢力擴張至齊魯徐淮江漢各地。其後殷周民族之殄域漸泯，文化混合而產生更大之進步。此時期已達完熟之農業社會，生活既較前複雜，而文字之表現亦見典整豐長，有時且用韻律。觀乎商代銅器刻辭，多僅記名字稱號年月，或某人作之子孫永寶用之陳詞，而周代銅器之記載，已漸能達情表意，文從字順。王國維有兩周金石文韻讀，其序曰：『前哲言韻，皆以詩三百五篇爲主，余更蒐周世韻語見於金石文字者，得數十篇。中有杞鄫許邾徐楚諸國之文，出商魯二頌與十五國風之外。其時亦上起宗周，下訖戰國，亘五六百年。然其用韻與三百篇無乎不合，雖金石文字用韻無多，不足以見古韻之全，然足證近世古韻學之精密，自其可徵者言之，其符合固已如斯矣。』所收金識共三十有七，後郭沫若金文叢考更有金文韻讀補遺之作，搜求益廣。今略舉數例如左：

正考父鼎銘：左傳昭公七年，孟僖子所引。爲宋國早期（西周）之作品。

一命而僂，再命而傴，三命而俯，循牆而走，亦莫余敢侮。饘於是，鬻於是，以餬余口！

虢季子白盤：

惟十有二年（案，周宣王十二年），正月初吉丁亥，虢季子白作寶盤：不（丕）顯子白，庸武于戎工，經縷四方，薄伐玁狁，于洛之陽。折首五百，執訊五十，是以先行。桓桓子白，獻馘于王。王孔嘉子白義，王格周廟，宣榭爰鄉（饗）。王曰，伯父，孔顯有光。王錫乘馬，是用左王。錫用弓，彤矢其央。錫用戉（鉞），用政蠻方。子子孫孫，萬年無疆！（按，此盤「方」「陽」「行」「王」「鄉」「光」「王」「央」「方」「疆」，均協「陽部」韻。）

孟姜匜：

囗叔作朕子孟姜盥匜：其眉壽萬年，永保其身！沱沱熙熙，男女無諆！子子孫孫，永保用之。（近人胡適云：『此銘中「年」「身」爲韻，「熙」「諆」「之」爲韻。詩三百篇中，凡代名詞「之」字作動詞下的止詞用時，都不押韻，韻都在其上的動詞。例如「知子之好之，雜佩以報之」，例外極少。金文中「用之」「鼓之」，韻皆在「之」字，已不是語言的自然。此可見銅器上的韻文模仿民歌體製，而漸失其自然音韻。』）

不嬰敦蓋銘：

惟九月初吉戊申。白氏曰：不嫛，駿方玁狁，廣伐西俞，王命我羞追於西。余來歸獻禽。余命女御追於署。女以我車宕伐玁狁於高陶。女多折首執訊。戎大同永追女，女及戎大臺戟。女休，弗以我車函於囏。女多禽折首執訊。白氏曰：不嫛，女小子，女肇誨於戎工。易女弓一，矢束，臣五家，田十田，用永乃事。不嫛拜頴手休。用作朕皇祖公白孟姬尊𣪘，用匄多福，眉壽無疆，永屯靈冬，子子孫孫其永寶用亯。

此種文字，時代漸後而記事漸長，意義亦復深厚。其中以毛公鼎銘文最長（茲從略），文體與尚書中之周誥相類。故吾人研究殷周銅器記載，遂不得不提及周誥及尚書一書。

專就文學史編纂之內容論之，尚書雖未必有文學意味，然其旣爲現存載籍中最古之史料，且此書之時代內容文體，復與銅器記載及詩三百篇中之雅頌之敍述有關，吾人當亦不容隨意忽略。尚書有今古文之爭，兩千餘年論議紛紜，至淸閻若璩尚書古文疏證一書出而障翳始明。漢書劉歆傳云：『暴秦燔經書，殺儒士，設挾書之法，行是古之罪，道術由是遂滅。漢興，去聖帝明王遐遠，仲尼之道，又絕法度，無所因襲。時獨有一叔孫通略定禮儀，天下唯有易卜，未有它書。至孝惠之世，乃除挾書之律。至孝文皇帝始使掌故朝錯，從伏生受尚書。詩始萌芽，天下衆書，往往頗出，皆諸子傳說。』伏生所授者爲今文，今文家所傳凡二十八篇（堯典一，合今本舜典，而無篇首二十八字。皐陶謨二，合今本益稷。禹貢三，甘誓四，湯誓五，盤庚六，高宗肜日七，西伯戡黎八，微子九，牧誓十，洪範十一，金縢十二，大誥十三，康誥十四，酒誥十五，梓材十六，召誥十七，洛誥十八，多士十九，無逸二十，君奭二十一，多方二十二，立政二十三，顧命二十四，合今本康王之誥，費誓二十五，呂刑二十六，文侯之命二十七，秦誓二十八。古文家稱魯恭王壞孔子宅，欲以爲宮，於孔壁得書百篇，孔安國以今文讀之，得多十六篇 其目見於書疏。曰舜典，曰汨作，曰九共，曰大禹謨，曰益稷，曰五子之歌，曰胤征，曰湯誥，曰咸有一德，曰典寶，曰伊訓，曰肆命，曰原命，曰武成，曰旅獒，曰冏命。隋書經籍志云當時：『經籍散逸，簡札錯亂，傳說紕繆，遂使書分爲二。』歷來論今古文之異者，多謂爲文字篆隸之別。清孫星衍尚書今古文注疏序亦云：『文有古今之分者，孔壁書科斗文字，安國以今文讀之。蓋秦以來，改篆爲隸，或以今文寫書，安國據以讀古文。』不知文字之異點，不過偶有不同，儀禮鄭注可見。而今古間出入之最大者，仍爲經說。今古經說解釋不同，影響儒學甚大，後世說者更復繁瑣枝離，往往說一經者乃至百數十萬言，難免宂長破碎之弊。然古文尚書之在漢時，初無師說，亦不傳授，是以稱爲逸書十六篇。此逸書早亡，今所通行者，東晉時梅頤所獻之僞古文本，而眞書今文二十八篇亦附之以傳。今所論列，因僞古文之考辨自閻氏疏證以後久經剖明，絕非周以前之作品，故僅限於今文二十八篇。

此二十八篇，大約皆述作於周代。堯典爲堯舜二帝之傳記，禹貢相傳爲夏禹時作，縷述九州之出產及貢賦等。然堯舜禹之事迹，晦澀茫昧，尙書所載，當亦爲傳說與神話相參混後之敍述，絕非當時人士所紀載，且去事實之眞相亦必甚遠。參考近人所編古史辨諸册之考證。如用鐵之事最早亦當始於周代中葉，而禹貢中已先言梁州貢鐵，其爲戰國間之作品無疑。『九州』之說，最早銅器中可考見者爲春秋時之齊侯鎛鐘，不過齊東野人之語，而禹貢復言『九州』。又如甲骨卜辭中僅有『十三月』之稱而無『閏』字，堯典反先言『以閏月定四時成歲』。近人有據古代天文曆法推測堯典編成之年代者，其結論謂至早亦不過在春秋前半期，要爲可信，而皐陶謨之著述時代亦大體與之相接。又甘誓湯誓牧誓三篇之時代大致相同，出於戰國主張弔民伐罪之辯士。近人傅斯年謂：『湯誓疑是戰國時爲「弔民伐罪論」者做的，可別論。盤庚三篇，文辭不如周誥古，而比其他所謂虞夏商周書都古，疑是西周末宋人所追記前代之典。若高宗肜日，西伯戡黎，微子三篇，以文辭論當更後。高宗是儒者所稱「三年之喪」一義之偶像。西伯之稱，當是宋人稱文王者。周人自稱曰文王，商宋人稱他曰西伯。詩雅頌絕未提及西伯一名，且周人斷無稱他這一號之理。……此可解釋文王西伯之稱，實因周宋而異。然則西伯戡黎又是宋書了。微子一篇說微子不是降周爲山陽公崇禮侯，而是遯世，這也很像是宋人曲爲其建國之君諱者。就這些看，至少可以假定商書大部分是宋書。』見周頌說，中央研究院出版歷史語言研究所集刊第一本第一分。此說甚見確切。至周書十九篇，則更爲西周初至東周間之作品，可以確信而無疑義者也。

尙書中商書之盤庚，前人雖稱其爲佶屈聱牙，然若視爲商代作品，則仍不甚可信，已如上述。惟周誥則辭句既甚艱深，而語言意味豐長，文格典古，復多與銅器文字相類，允足推爲尙書中之代表文字。今舉多士節鈔首節，及最後一段。梓材兩篇爲例，讀者可從而略窺尙書文字之一斑。

多士：

惟三月，周公初于新邑洛，用告商王士。……

王曰：告爾多士：今予惟不爾殺，予惟時命有申。今朕作大邑于茲洛，予惟四方罔攸賓，亦惟爾多士攸服奔走臣我多遜。爾乃尙有爾土，爾乃尙寧幹止。爾克敬，天惟畀矜爾，爾不克敬，爾不啻不有爾土，予亦致天之罰于爾躬。今爾惟時宅爾邑，繼爾居，爾厥有幹有年于茲洛。爾小子乃興，從爾遷。

梓材：

王曰：封，以厥庶民暨厥臣，達大家，以厥臣達王，惟邦君。汝若恆越曰，我有師師，司徒，司馬，司空，尹，旅。曰，予罔厲殺人，亦厥君先敬勞，肆徂厥敬勞。肆往，姦宄殺人，歷人宥，肆亦見厥君事，戕敗人宥。王啓監厥亂，爲民。曰，無胥戕，無胥虐。至於敬寡，至於屬婦，合由以容。王其效邦君越御事，厥命曷以引養引恬，自古王若茲，監罔攸辟。惟曰，若稽田，既勤敷菑，惟其陳修爲厥疆畎。若作室家，既勤垣墉，惟其塗墍茨。若作梓材，既勤樸斲，惟其塗丹雘。今王惟曰，先王既勤用明德，懷爲夾，庶邦享作，兄弟方來，亦既用明德。后式典集，庶邦丕享。皇天既付中國民，越厥疆土於先王，肆王惟德懌，先後迷民，用懌先王受命。已若茲監，惟曰欲至於萬年，惟王子子孫孫永保民。

周誥之遺辭用字，及用譬喻之處，令人讀之，已頗有文學彬彬之感。及其後之秦誓，爲春秋時期秦穆公時之作品，則語言更見暢達矣，其辭如下：

> 公曰：嗟！我士！聽無譁！予誓告汝羣言之首。古人有言曰：民訖自若是多盤，責人斯無難，惟受責俾如流，是惟艱哉！我心之憂，日月逾邁，若弗云來。惟古之謀人，則曰未就予忌。惟今之謀人，姑將以爲親。雖則云然，尚猷詢茲黃髮，則罔所愆。番番良士，旅力旣愆，我尚有之。仡仡勇夫，射御不違，我尚不欲。惟截截善諞言，俾君子易辭，我皇多有之。昧昧我思之，如有一介臣，斷斷猗，無他技，其心休休焉，其如有容。人之有技，若己有之，人之彥聖，其心好之，不啻如自其口出，是能容之，以保我子孫黎民，亦職有利哉？人之有技，冒疾以惡之，人之彥聖，而違之俾不達，是不能容，以不能保我子孫黎民，亦曰殆哉！邦之杌隉，曰由一人。邦之榮懷，亦尚一人之慶。

此種文字之記述，日臻進步，遂爲春秋戰國時期記言記事文體之所從祖。此當於後數章中論之，今請更言古代詩篇之淵源。

遠溯任何國家任何民族文學史發原之程序，其韻文之發展，必先於散文者若干年。此爲各國文學史之通例，在吾國最早者爲詩三百篇，希臘則有著名之史詩，印度則有古梵文之歌唱，均爲韻文寫成，可爲此說作事實上之證明者。韻文之中，復以詩歌一體爲最先。蓋詩歌產生於原始人類生活之眞實素描，卽爲自然感發之歌唱，故其所藉以傾吐哀樂心感之節簇韻律，亦無不歸反之於自然。且詩歌多伴音樂舞蹈而俱成，而樂舞又咸爲舉動中節之表現，故尤不能不稟氣懷靈，發情形言，謳詠自然之至極。尙書稱：『詩言志，歌詠言，』荀子稱：『詩言其志也，』樂記云：『民有血氣心知之性，而無哀樂喜怒之常，應感而動，然後心術形焉，』漢書藝文志則謂：『哀樂之心感，而歌詠之聲發，』均是此意。後漢衞宏作毛詩大序（據後漢書儒林傳），更暢達論之云：『詩者，志之所之也。在心爲志，發言爲詩。情動於中而形於言，言之不足，故嗟歎之，嗟歎之不足，故永歌之，永歌之不足，不知手之舞之足之蹈之矣。』而沈約宋書謝靈運傳論亦云：『雖虞夏以前，遺文不覩，稟氣懷靈，理無或異；然則歌詠所興，宜自生民始也。』可見自有人類語言開始以來，卽有產生詩歌之可能。沈氏以前，歷朝如摯虞文章流別志論，沈氏以後，如朱熹作詩集傳，其論詩歌起原之意亦咸同。足徵吾國前代之文學觀念，雖多陳腐，未達明朗之域，然論詩篇之起原，則往往能得肯綮之旨，不失純粹文學之觀點。愈可見韻文之發達最早，而詩歌本身之滋長蔓衍亦最易；卽舍詩三百篇而言，較古之典籍如尙書堯典，周易，老子，論語，管子牧民，韓非守道等篇，其用韻之處亦皆斑斑可考。誠以古代文學產生之後，記載文字之工具，尙未十分完備，故其流傳常恃口耳記誦，而口耳之相傳，容多疑闕，則以有韻者爲便。清人阮元云：『古人以簡册傳事者少，以口舌傳事者多；以目治事者少，以耳治事者多。同爲一言也，轉相告語，必有譌誤，是必寡其詞，協其音，使遠近易誦，古今易傳。』其言可謂至當。然此特指有意爲韻者而言，若如詩歌等詠言情性者，其發端率出於無意間自然之音節，聲籟僻達，則更合乎天然之音韻無疑矣。是故顧炎武謂：『記曰：「聲成文謂之音，」夫有文斯有音，比音而爲詩，詩成然後被之樂，此皆出於天，而非人之所能爲也。三代之時，其文皆本於六書，其人皆出於族黨庠序，其性皆馴化於中和，而發之爲音，無不協於正。然而周禮大行人之職，九歲屬瞽史諭書名，聽聲音，所以一道德而同風俗者，又不敢略也。是以詩三百五篇，上自商頌，下逮陳靈，以十五國之遠，千數百年之久，而其音未嘗有異。帝舜之歌，皐陶之賡，箕子之陳，文王周公之繫，無弗同者』（音學五書序），其文舉例雖較廣泛，容有毫銖之分，至謂音韻之自然則無弗同者，此倘僅就同一時代地域而言，非難之者固無從加以論辯，即或時代不同，若虞夏之與商周，民族，法俗，地域，亦且迥異者，若就更大之範疇區畫而考察之，則時皆不逾秦漢，地皆不出中原諸省，依古韻學上研究之新系統推論之，顧氏之說初亦未見其謬失也。

詩歌之起原，大凡已如上述，而其產生之環境背景，實與先民之眞實生活情態，有至密切之關係。樂記言：『詩言其志也，歌詠其聲也，舞動其容也，』則樂舞歌三者，原爲詩歌構成之三大要素。呂氏春秋古樂篇：『昔葛天氏之樂，三人摻牛尾，投足以歌八闋：一曰載民，二曰玄鳥，三曰遂草木，四曰奮五穀，五曰敬天帝，六曰達帝功，七曰依地德，八曰總萬物之極，』此種操牛尾而歌之舞樂現象，非特爲吾國古代社會某一部落之情形，抑且爲今日研究社會學者觀察所得之共同現象。如麥更西（A. S. Mackenjie）氏於其詩之起原一書中，謂『詩之發生，實較明晰之語言爲先，而最早時原始詩歌之構成，厥爲音樂舞蹈歌唱三者之三位一體。』莫爾頓（R. G. Moulton）著文學之近代研究，以爲原始之文學爲詩與音樂舞蹈之混合物，而稱之曰『謳歌』(Ballad)。北美印地安土人至今仍有野牛舞，載舞載歌，大約即與呂覽所述者相彷彿，而畢夏（Bucher）氏復云：『詩歌發達之初期，本與勞動及音樂爲緊密之結合，』芬蘭大學教授當世之美學專家希倫（Hirn），更申論之於其所著藝術之起源云：『吾人以爲最原始時野蠻人之舞蹈，如今日北美印地安人及黑奴之所習爲者，要亦非單純藝術之所啓生，而爲彼輩日常狩獵射擊鳥獸之一種練習動作，此種狩獵鳥獸之動作，由習慣而演成自然之舞蹈，』若然，則吾人於此益可見詩歌之產生與社會實質生活聯繫關係之密切矣。曲禮鄭注云：『古人勞役必謳歌，舉大木者呼「邪許」，』至今二千餘年後舉大木者仍呼『邪許』，情動於中而形於言，嗟言所以舒勞動之鬱塞，嗟歎之不足而詠歌之，古人之言信然。

吾人今日恆謂詩三百篇爲最早之詩歌，又謂詩歌產生於最古之原始社會，則必更有詩歌其時代更應在三百篇以前者。惟事實上此種更古之詩歌，因當時缺乏文字之記載，久已失傳，卽偶有爲後代書籍所記述者，亦强半出於僞託。吾人於上文中已明言吾國文字之足以記載事物傳達情性者，最早當亦在殷商時期之中葉。觀其時甲骨文字，文辭雜糅，字形別異，有時一字之寫法乃至數十種，決非已臻成熟之境象，詩體之發展在此時之更幼稚可知，而後世所傳託之詩歌，其時代乃更在殷商之前，吾人倘不加辨別，詎信爲古代原有之作，無寧近於癡人說囈。清崔述謂孔子家語所收之僞南風歌『詞露意淺，聲曼力弱，正如韓子拘幽操之擬文王，履霜操之擬伯奇耳』（唐虞考信錄），其實，如所謂八伯歌，五子歌，刺桀歌等，又安往而非出於『擬作』『僞託』耶？

中國文學之歷史，佔世界文學史中最複雜之內容，及最悠長之年代，吾人蓋早已具此簡明之概念。從來之編著中國文學史者，或起自宗周，或遠溯自三皇五帝。然古籍中最早之史料爲尙書，尙書所紀始於堯舜，而相傳關於堯舜之史料，先秦諸子已深懷疑其正確性。如韓非云：

『孔子墨子，俱道堯舜，而取捨不同，皆自謂眞堯舜。堯舜不復生，將誰使定儒墨之誠乎？』（顯學）

『皆以堯舜之道爲是而法之，是以有弒君，有曲於父。』

『堯爲人君而君其臣，舜爲人臣而臣其君。』

『今堯自以爲明，而不能以畜舜；舜自以爲賢，而不能以戴堯。』

『今舜以賢取君之國，而湯武以義放弒其君，此皆以賢而危主者也，而天下賢之。古之烈士，進不臣君，退不爲家；是進則非其君，退則非其君者也。且夫進不臣君，退不爲家，亂世絕嗣之道也。是故賢堯舜湯武而是烈士，天下之亂術也。瞽瞍爲舜父，而舜放之。象爲舜弟，而殺之。放父殺弟，不可謂仁。妻帝二女而取天下，不可謂義。仁義無有，不可謂明。』（以上忠孝篇）

此亦可見先秦學者懷疑之主張。而淮南亦引：

『堯戒曰：「戰戰慄慄，日謹一日。人莫蹪於山，而蹪於垤。」』（人間訓）

韓非六反篇中，亦引此「人莫蹪於山，而蹪於垤」二語。歷來釋此堯戒者，多謂爲『大聖人憂勤惕厲語』，似未可盡信，又有釋作『外患易禦，內奸難防』之意者，亦近穿鑿。然堯舜是否有其人？縱有其人，是否卽有其政？東漢時王充已深懷疑之，充之言曰：

『尙書「協和萬國」，是美堯德政太平之化，化諸夏幷及夷狄也。言協和方外可也，言「萬國」，增之也。夫唐之與周，俱治五千里內。周時諸侯千七百九十三國，荒服戎服要服及四海之外，不粒食之民，若穿胸儋耳焦僥跋踵之輩，幷合其數，不能三千。天之所覆，地之所載，盡於三千之中矣。而尙書云「萬國」，褒增過實，以美堯也。』（藝增）

而唐劉知幾作史通，其所懷疑者則更爲確切：

『蓋虞書之美放勳也，云「克明俊德」，而陸賈新語又曰：「堯舜之人，比屋可封，」蓋因堯典作文，而廣造奇說也。案春秋傳云：「高陽高辛二氏，各有才子八人，謂之

『元』『凱』。」此十六族也，世濟其美，不隕其名，以至於堯，堯不能舉。帝鴻氏少昊氏顓頊氏各有不才子，謂之「渾沌」「窮奇」「檮杌」。此三族也，世濟其凶，增其惡名，以至於堯，堯不能去。縉雲氏亦有不才子，天下謂之「饕餮」，以此三族，俱稱四凶，而堯亦不能去。斯則當堯之時，小人君子，比肩齊列，善惡無分，賢愚共貫。且論語有云：「舜舉咎繇，不仁者遠，」是則當咎繇未舉，不仁甚多，彌驗堯時羣小在位者矣，又安得謂之「克明俊德」，「比屋可封」者乎？其疑一也。堯典序又云：「將遜於位，讓於虞舜。」孔氏注曰：「堯知子丹朱不肖，故有禪位之志。」案汲冢瑣語云：「舜放堯於平陽，」而書云：「某地有城，以『囚堯』爲號。」識者憑斯異說，頗以禪授爲疑。然則觀此二書，已足爲證者矣。而猶有所未覩也，何者？據山海經謂放勳之子爲帝丹朱，而列君於帝者。得非舜雖廢堯，仍立堯子，俄而又奪其帝者乎？……斯則堯之授舜，其事難明。謂之讓國，徒虛語耳。其疑二也。』（疑古）

『虞書舜典又云：「五十載，陟方乃死。」注云：「死蒼梧之野，因葬焉。」案蒼梧者，於楚則川，號汨羅；在漢則邑，稱零桂；地總百越，山連五嶺，人風婐劃，地氣歊瘴。雖使千金之子，猶憚經履其途，況以萬乘之君，而堪巡幸其國？而舜必以精華既竭，形神告勞，捨茲寶位，如釋重負。何得以垂歿之年，更踐不毛之地。兼復二妃不從，怨曠生離，萬里無依，孤魂溘盡。讓王高蹈，豈其若是者乎？歷觀自古人君廢逐，

若夏桀放於南巢，趙嘉遷於房陵，周王流彘，楚帝徙郴，語其艱棘，未有如斯之甚者也。斯則陟方之死，其殆文命之至乎？』（同篇）

若是，則堯舜即使眞有其人，堯舜時爭篡之激烈，政治之黑暗腐敗，實至明顯，謂其時而有八伯歌南風詩康衢謠之製作，殆不可信。近人考據更有主張堯舜等五帝之傳說，實由古代神話之上帝衍變而來，見楊寬：『黃帝與皇帝』論文，刊上海大美晚報文史周刊，收入『古史辨』第七册。則其人且爲神話中之傳說人物，遑論其時代作品之眞確性耶。

三百篇以前之歌謠，統據各書所載錄者，約有二十餘篇。然或因其書決爲後世僞託，或因篇章中可舉證其爲妄人僞造，一經考據家之鑑別，多難置信。歷來此種辨僞之著述，代有其人，而收輯成書者，如宋高似孫子略，明宋濂諸子辨，胡應麟四部正譌，清姚際恆古今僞書考，崔述考信錄等，均可一讀。然相傳中之古代歌謠，亦頗有二三篇疑與古代文學不無關係者，蓋緣其富於古代社會狀況之眞實感，饒有當時實際生活之意味也。如擊壤歌：

日出而作，日入而息。鑿井而飲，耕田而食。帝力於我何有哉！

此詩見於皇甫謐帝王世紀，讀之頗可窺知古代農民簡樸之生活。又如伊耆氏蜡辭：

禮記郊特牲云：伊耆氏始爲蜡，蜡者，索也。歲十二月合聚萬物而索饗之也。祝辭云：

土反其宅，水歸其壑，昆蟲毋作，草木歸其澤。

此大約爲古代農事收獲旣畢，歲盡禱祝之辭。昆蟲毋作，冀害蟲得驅遠也，草木歸其澤，冀草木孳生於池澤之內，勿荒蕪良田也。

又如彈歌：

吳越春秋曰：越王欲謀伐吳，范蠡進善射者陳音。王問曰：孤聞子善射，道何所生？對曰：臣聞弩生於弓，弓生於彈，彈起於古之孝子，不忍見父母爲禽獸所食，故作彈以守之。歌曰：

斷竹，續竹，飛土，逐宍。

此歌劉勰文心雕龍通變，章句諸篇。以爲係黃帝時歌，雖不可信據，然其來原甞頗古，此亦可考見古代風俗之眞實情況。上古之世，穴居野處，死無衣衾棺槨以葬，難免鳥鼠蛇獸之侵害，弓矢最早之起原，蓋亦因在野外守葬之迫切需要而作。三年之喪，孝子廬墓，則爲後世進化後演循之自然結果。儒家推行三年之喪，自亦有其古代原始社會思想之背景也。觀夫『弔』字之古文作『𢎗』，象人形張弓，祭弔之時而需張弓，當然亦爲驅逐禽獸之用矣。

又如麥秀歌：

史記宋微子世家：箕子朝周，過故殷墟，感宮室毀壞，生禾黍。箕子傷之，欲哭則不可，欲泣爲其近婦人，乃歌以悲之。其歌云：

麥秀漸漸兮，禾黍油油。彼狡童兮，不與我好兮。

采薇歌

史記伯夷列傳：

登彼西山兮　采其薇矣；以暴易暴兮，不知其非矣。神農虞夏，忽焉沒兮，我安適歸矣。于嗟徂兮，命之衰矣。

此則以憂憤悲摯之感情，寫懷舊思國之幽痛，至覺動人。此種作品，即非箕夷所作，亦必爲同時口中流傳之篇什，而爲大史公所采擷者。大史公書列傳以伯夷居篇首，蓋亦深有感於其忠君愛國之熱誠，高人隱士之胸襟，及其慷慨悲惻之至情也。

本章參考書：

卜辭通纂　郭沫若
中國古代社會研究　郭沫若（上海中亞書局）
中國文學史選例　胡適（國立北京大學出版組）
中國文學史大綱第二，三，四章　容肇祖（開明）
中國文學史新編第二章　張長弓（開明）

第三章　詩三百篇

詩三百篇（詩經）在吾國古代文學中，實爲最光榮最偉大，且最足以誇耀於世界文學之林之不朽權威，亦卽西周末至春秋間（公元前一一二二—四七九）一部極美麗之詩歌結集。一切新文學之來源厥由於民間，而詩三百篇內容之大部分，蓋卽爲各地流傳之民歌——國風。

詩三百篇何由而作也？毛詩大序云：『詩者，志之所之也。』班固藝文志云：『哀樂之心感，而歌詠之聲發，』又云：『誦其言，謂之詩，詠其聲，謂之歌。』禮記云：『詩，言其志也，歌，詠其聲也，舞，動其容也。三者本於心，然後樂器從之。是故情深而文明，氣盛而化神。』鄭玄解之云：『詩者，弦歌諷諭之聲也。』宋朱熹詩經傳序謂：『人生而靜，天之性也。感於物而動，性之欲也。夫旣有欲矣，則不能無思，旣有思矣，則不能無言，旣有言矣，則言之所不能盡而發於咨嗟詠歎之餘者，必有自然之音響節奏而不能已焉。此詩之所以作也。』綜觀諸說，自以時代愈後者，解釋愈近情理。夫詩歌原爲天然情感之表現，亦卽文學最初之形式。人類所以發抒個性之情感，表示眞摯熱烈之心情者，往往藉合乎自然音響節奏之詩歌以宣揚之：其間有咨嗟詠歎不能自已者焉，故吾人以爲朱子之說較合情理也。

詩三百篇之如何集成，傳說紛繁。自史記孔子世家以降，皆謂周代舊有采詩之官與獻詩之士，孔子刪詩後，得三百五篇。孔子世家云：

『古者詩三千餘篇。及至孔子，去其重，取可施於禮義，上采契后稷，中述殷周之盛，至幽厲之缺，三百五篇，孔子皆弦歌之，以求合韶武雅頌之音。』

舊說中之足與此傳說相比附者甚多。如采詩一事，今古文經說，實大體相髣髴者：左傳襄公十四年引夏書云：『遒人以木鐸徇於路，官師相規，工執藝事以諫。』杜預左傳注云：『遒人，行人之官，木鐸徇於路，求歌謠之言。』漢書食貨志云：『孟冬之月，行人振木鐸徇於路，以采詩獻之大師，比其音律，以聞於天子。』此古文經說之采詩也。何休公羊傳注云：『五穀畢，人民皆居宅，男女同巷，相從夜績。從十月盡正月止，男女怨恨，相從而歌，飢者歌其食，勞者歌其事。男年六十女年五十無子者，官衣食之，使之民間求詩，鄉移於邑，邑移於國，國以聞於天子。』此今文經說之采詩也。

獻詩之事，見於舊籍者如：國語周語云：『天子聽政，使公卿至於列士獻詩，瞽獻曲，史獻書，師箴，瞍賦，矇誦。』晉語亦云：『古之王者，使工誦諫於朝，在列者獻詩。』毛詩卷阿傳云：『明王使公卿獻詩，』皆是也。

至於孔子刪詩之事，班固亦云：『古有采詩之官，王者所以視風俗，知得失，自考正也。孔子純取周詩，上采殷，下取魯，凡三百五篇。』無非推本史記之文，殊無異說。近人章炳麟論古箴詩之義云：『官箴占繇皆詩。故詩序庭燎稱箴，沔水稱規，鶴鳴稱誨，祈父稱刺。明詩外無官箴，辛甲諸篇悉在古詩三千之數矣。』又云：『瞽師瞍矇皆掌聲詩，卽詩與箴一實也。故自虞箴旣顯，揚雄崔駰胡廣爲官箴，體氣文旨皆弗能與虞箴異，蓋箴規誨刺者其義，詩爲之名。』（國故論衡辨詩）釋獻詩之實頗詳。南宋王應麟著困學記聞，嘗謂詩有刪章刪句刪字，引朱子發之言曰：『詩全篇刪去者二千六百九十四篇，如貍首曾孫之類是也。篇中刪章者，如「唐棣之華，偏其反而，豈不爾思，室是遠而」之類是也。章中刪句者，如「巧笑倩兮，美目盼兮，素以爲絢兮」是也。句中刪字者，如「誰能秉國成，不自爲政，卒勞百姓」是也，』而清初顧炎武，更闡刪詩之意，以爲：

『孔子刪詩，所以存列國之風也。有善有不善，兼而存之，猶古之大師，陳詩以觀民風，而季札聽之，以知其國之興衰。正以二者之幷陳，故可以觀，可以聽，世非二帝，時非上古，固不能使四方之風，有貞而無淫，有治而無亂也。文王之化，被於南國，而北鄙殺伐之聲，文王不能化也。使其詩尙存，而入夫子之刪，必將存南音以繫文王之風，存北音以繫紂之風，而不容於沒一也。是以桑中之篇，溱洧之作，夫子不刪，志淫風也。叔于田爲譽段之辭，揚之水椒聊爲從沃之語，夫子不刪，著亂本也。淫奔之詩，彔之不一而止者，所以志其風之甚也。一國皆淫，而中有不變者焉，則亟錄之：將仲子，畏人言也，女曰雞鳴，相警以勤生也，出其東門，不慕乎色也，衡門，不願外也。選其辭，比其音，去其煩且濫者，此夫子之所謂刪也。』（日知錄卷三）

顧氏心目中所謂之孔子刪詩，僅爲選辭比音，去煩且濫三事，允爲確當之論。而此三事不過比整音辭，去其煩濫，決非大加汰剟者，則三千古詩之所以僅餘什一者，自仍以自然淘汰之結果爲多，而並非出於任何人力之廢削。論語中常舉詩三百爲成數，墨子公孟亦言孔子誦詩三百，舞詩三百，絃歌三百，可見三百篇之數大約爲古代篇什佚亡淘汰後之自然整數　至於孔子至多不過略加整理而已。清趙翼陔餘叢考謂左邱明自引及述孔子之言所引者凡四十八則，而逸詩不過三則，其餘列國公卿共引詩百一則，而逸詩不過五則。又列國燕享歌詩投報者七十則，而逸詩亦不過五則，是逸詩僅刪存詩二十之一也。若古詩有三千餘篇，則所引逸詩宜多於刪存之詩十倍，豈有古詩十倍於刪存詩，而所引逸詩反不及刪存詩二三十分之一也。趙氏之說，統據雖未甚精確（如諸子書中引逸詩未加計算），然大體可以依信。近人傅斯年著周頌說，主張「詩各部分之集合應當成於孔子之前，雅，頌，南，鄭之名均見論語，其後流傳上大同小異，入漢纔有現在所見的定本，」其論最新，且舉證甚多，殊近情理，較之瑞典漢學家高本漢氏之主詩三百篇曾經刪正，因用韻大體一致之論，其見解實高出其右數倍也。

至於采詩獻詩之說，亦有持懷疑論者，清崔述讀風偶識已云：

『余按克商以後，下逮陳靈，近五百年，何以前三百年所采甚少，後二百年所采甚多？周之諸侯千八百國，何以獨此九國有風可采，而其餘皆無之？……且十二國風中，東遷以後之詩居其大半，而春秋之策，王人至魯，雖微賤無不書者，何以絕不見有采風之使？乃至左傳之廣搜博采，而亦無之，則此言出於後人臆度無疑也。……大抵漢以降之言詩者，多揣度而爲之說。其初本無的據，而遞相祖述，遂成牢不可破之解，無復有人肯考其首尾而正其失者。』

而近人日本青木正兒，復勦承崔氏之說，著自詩教發展之徑路見疑於采詩之官一文，以爲采詩之官不過爲儒家傳統之一種理想，殊無事實可以依據。其論分詩教之完成爲三時期，謂：在西周僅有樂教而無詩教，及春秋賦詩之風盛行而詩教漸行萌芽，至戰國時代而詩教已完成。復以音樂進化之觀念考察殷周時代，分爲樂主詩從期，樂詩分歧期，及詩教定礎期，因而推定孔子以前實無詩教，而孔子實亦未嘗删詩。其結論遂主張：周王室有采樂之事而無采詩之事，詩之內容亦僅供音樂之實用，而非供政教之資料。孔子未嘗删詩，詩之亡逸爲自然淘汰之結果，獻詩采詩陳詩諸說，不過爲詩教發展之後，自詩教之見地而構成之一種理想論而已。其說雖見新穎，要不過受辨僞主張影響之深者，所舉證多非的確之論。舉證較可信者，近人錢夏（玄同）之說爲諦。夏有與顧頡剛先生書（讀書雜誌第十期，收入古史辨第一册），論删詩云：

『論語中說到詩的最多。其中季氏「鯉趨而過庭……」或不足信（崔述說），泰伯「戰戰兢兢，如臨深淵，如履薄冰，」遠在孔丘之後，將這兩條除開不算外，還有十六則之多。這十六則之中，找不出一點删詩的材料來。其他所引的詩句或篇名，都在今本詩經之中，僅「巧笑倩兮，美目盼兮，素以爲絢兮」與「唐棣之華，偏其反而，豈不爾思？室是遠而」爲逸詩，則孔丘所見的詩，實與今本差不遠（若說完全一樣，則亦決無此理；即使數目相當，而經二千餘年的寫刻，內容底亡逸和增竄是必不能免的）。再看爲政「子曰：詩三百，一言以蔽之曰：『思無邪』，」與子路「子曰：誦詩三百……，」則孔丘所見的詩，原來只有三百篇，並非刪存三百篇，這是以前已經有好多人說過的了。只有子罕中有「樂正，雅頌得所」的話，但這話是論樂，不是論詩，就算是論詩，至多也不過說他編定詩篇次序，決不能作爲刪詩的證據。我想孔丘如果曾經刪詩，則鄭風必在被刪之列，因爲他是主張「放鄭聲」的（前人有謂「聲」是「樂」，不是「詩」，這是要想曲爲彌縫而又強作解人的議論）；而且若照秦漢以來底儒者那樣用「聖道」「王化」來論詩，則王柏，閻若璩，萬斯同底話眞是一點不錯，因爲必須將詩經如此刪改，然後可以免於邪僻淫亂而合于聖道王化也。』

此可爲孔子未嘗刪詩之主要論證。又其論詩之輯集云：

『詩是一部最古的總集。其中小部分是西周底詩，大部分是東周（孔丘以前）底詩。什麼人輯集的，當然無可考徵了。至於輯集的時代，我却以爲在孔丘以前；孔丘說：「詩三百」「誦詩三百」，則他所見的已是編成的本子了。……論語（八佾）子夏所問，並非碩人之詩。碩人第二章句句都是描寫莊姜底身體之美，末了決不能有「素以爲絢兮」一句。這一定是別一首詩，但「巧笑」二句與碩人偶同罷了。此詩後來全首亡逸。「唐棣」一詩也是全首亡逸。「素絢」爲孔丘所稱道，固不應删去；即「唐棣」雖爲孔丘所不取，然今本無有，亦非有意删去，乃是偶然亡佚的。有亡佚也許還有增竄。例如都人士底首章，惟毛詩有之，三家均無（見禮記緇衣釋文），不知是本有而三家亡逸呢，還是本無而毛經據左傳襄十四。禮記緇衣。賈誼新書等齊篇。增竄呢？無論眞相如何，總可以做詩經傳寫必有亡逸或增竄之證。但雖有亡佚或增竄，總是原始本的變相，不能說他們是兩個本子。』

此大約可稱爲近人整理詩經之總成績中，對於三百篇之輯集，及孔子删詩說二者最近之解釋與論證。更細覈之，鄭玄詩譜中雖對於三百篇之時代各有指定，然謬誤甚多。大體論之，大約周頌爲成康以來下至懿孝間詩，無韻者居先，有韻者爲後。大小雅南征北伐諸篇，可認爲厲宣時作品，其他大約距東遷初遷時不遠，無晚於平王者。二南之時代約爲西周末葉至東周初間。豳風始於西周，王風成於東遷之後，其確切之時代已不易指明，然在國風中則爲早期之作品，而邶鄘衞鄭齊魏唐秦陳檜曹諸風，則又東遷後迄春秋時之詩也。

考論三百篇年代之方法，大約先就各詩中之時代確定並無疑問者爲主，更取他詩互加比附，考核其語法，用辭，章句之異同，細細磨琢，而後對於詩之時代，乃可有更淸晰之了解。前人所論據之詩之世次，往往有不可信者。顧炎武日知錄云：『詩之世次必不可信，今詩未必皆孔子所正。且如「褒姒威之」，幽王之詩也，而次於前；「召伯營之」，宣王之詩也，而次於後。序者不得其說，遂幷楚茨信南山甫田……十詩皆爲刺幽王作，恐不然也。又如碩人，莊姜初歸事也，而次於後。綠衣日月終風，莊姜失位而作，燕燕，送歸妾作，擊鼓，國人怨州吁而作也，而次於前。渭陽，秦康公爲太子時作也，而次於後；黃鳥，穆公薨後事也，而次於前。此皆經有明文可據。故鄭氏謂十月之交，雨無正，小旻，小宛皆刺厲王之詩，漢興之初，師移其篇第耳。而左氏傳楚莊王之言曰：「武王作武，其卒章曰『耆定爾功』，其三曰『敷時繹思，我徂惟求定』，其六曰『綏萬邦，屢豐年』。」今詩但以「耆定爾功」一章爲武，而其三爲賚，其六爲桓，章次復相隔越。儀禮歌召南三篇，越草蟲而歌采蘋，正義以爲采蘋舊在草蟲之前。知今日之詩，已失古人之次，非夫子所謂「雅頌各得其所」者矣。』顧氏之言亦未必全確，因相傳之詩本事不可依據者甚多，如武言『於皇武王』，桓言『桓桓武王』，而左傳紀楚莊王言，竟以爲武王自作者矣。然詩篇次第之不可信，與夫楚茨以降十詩之非刺詩，則因顧氏之說而彰甚。且詩又有所謂正變者，更不足據。漢儒見二南之周召，遂謂二南爲正風，邶鄘衞以下，遂斷其爲變風矣。豳風詩中有周公，故亦見於篇章，自爲正風。小雅鹿鳴諸篇，疑其爲文王時作也，不得不正。然六月有『文武吉甫』之語，尹吉甫爲宣王時人，宣王居西周之末，時代既晚，政治必衰，道德必劣，遂稱六月以下諸詩爲變小雅。又見節南山有『喪亂弘多』之句，宣王之時世亂似不至此，遂又以此後諸篇爲『雖有孝子順孫，百世不能改』之幽王時人所作。直到何草不黃四十四篇，均定爲刺幽王之詩，而四月諸篇之形容頌美與鹿鳴意味相同者，則又謂爲『復古』『思見君子』『美宣王因以箴之』之什。大雅中文王大明等篇言周初立業之事，遂爲正大雅。民勞中始見『無良』『惛怓』『寇虐』諸詞，當爲變大雅。然申伯，吉甫諸名仍在其後，足徵民勞諸篇在宣王前，宣王前最著名之暴虐君主爲厲王，則此詩亦必厲王時作無疑，而民勞以下十三篇，或厲或宣或幽，亦均指爲變大雅矣。此種論議，苟發之於今日學人之口，莫不以爲可笑，然在漢儒，方上說下教以此爲說詩之天經地義，武帝以後，儒術旣崇，此種謬誤之見解遂更不易打破之矣。

三百篇之體製，以風雅頌爲主。六詩之說，蓋始自周官春官。大師教六詩：曰風，曰賦，曰比，曰興，曰雅，曰頌。毛詩序亦云：『詩有六義：一曰風，二曰賦，三曰比，四曰興，五曰雅，六曰頌。』鄭小同鄭志以爲比賦興『孔子錄詩已合風雅頌中，難以摘別』，遂以賦比興爲詩體。孔穎達毛詩正義云：『風雅頌者，詩篇之異體，賦比興者，詩文之異辭。大小不同而得並爲六義者，賦比興是詩之所用，風雅頌是詩之成形。用彼之事，成此之事，是故同稱爲六義，非別有篇卷也。』朱熹亦云：『所謂六義者，風雅頌乃是樂章之腔調，如言仲呂調，大石調，越調之類。至比賦興又別。直指其名，直敍其事者，賦也。本要言其事，而虛用兩句鉤起，因而接續去者，興也。引物爲況者，比也。立此六義，非特使人知其聲音之所當，而使歌者知作詩之法度也。』朱子全書卷三十五。此皆以賦比興爲詩體。近人章炳麟著六詩說檢論卷二，謂賦比興之所以被删者，因賦次有屈原荀卿諸賦，文繁不可以被管絃；比者辯也，夏后啓有九辯九歌，晚周宋玉猶儀型之；興與誄相似，故均不錄。其言傅會過甚，實無根據之說。不知秦數用六，漢人沿其說，故書則有六藝六經，此六義之稱，蓋亦可作如是觀。實則風雅頌三者本無何種嚴格之制限，而賦比興亦不過爲體裁上大致之說明而已。

詩大序釋風雅頌之別云：

『上以風化下，下以風刺上，主文而譎諫，言之者無罪，聞之者足以戒，故曰風。

雅者，正也，言王政所由廢興也。

頌者，美盛德之形容，以其成功告於神明者也。

朱熹詩經集注序則云：『凡詩之所謂風者，多出於里巷歌謠之作，所謂男女相與詠歌，各言其情者也。若夫雅頌之篇，則皆成周之世，朝廷郊廟樂歌之詞，其語和而莊，其義寬而密，其作者往往聖人之徒，固所以爲萬世法程而不可易者也。』大抵國風多爲民間之歌謠，雅爲士大夫諷諫時政之辭，而頌則爲宗廟祭享所用，美盛德之形容者。風凡十有五國：其周召二南，及王風豳風同出於周，邶鄘可幷于衞，合之檜，魏，陳，齊，衞，唐，曹，鄭，秦，復各因地理人情法俗之不同，而各異其作風。秦地於禹貢時跨雍梁二州，詩風兼秦豳兩國，多言農桑衣食，車馬田狩之事。唐魏居河東，其民有先王遺教，君子深思，小人儉陋，故其詩皆思奢儉之中，念死生之慮。鄭土狹而險，山居谷汲，男女亟聚會，故其俗淫。衞地有桑間濮上之阻，男女亦亟聚會，聲色生焉，故俗稱鄭衞之音。齊居海濱，其詩舒緩。此第就其大概言之，其詳蓋見於漢書地理志。以人民生活狀況之不同，而反映於詩歌中作風之差別，有如此者。左傳襄公廿九年，吳公子季札來聘，請觀於周樂。使工爲之歌周南召南。曰：『美哉，始基之矣，猶未也，然勤而不怨矣。』爲之歌邶鄘衞，曰：『美哉，淵乎，憂而不困者也。吾聞衞康叔武公之德如是，是其衞風乎？』爲之歌王，曰：『美哉，思而不懼，其周之東乎？』爲之歌鄭，曰：『美哉，其細已甚，民弗堪也，是其先亡乎？』爲之歌齊，曰：『美哉，泱泱乎，大風也哉。表東海者，其太公乎！國未可量也。』爲之歌豳，曰：『美哉，蕩乎，樂而不淫，其周公之東乎！』爲之歌秦，曰：『此之謂夏聲。夫能夏則大，大之至也，其周之舊乎！』爲之歌魏，曰：『美哉，渢渢乎，大而婉，險而易行，以德輔此，則明主也。』爲之歌唐，曰：『思深哉，其有陶唐氏之遺民乎！不然，何憂之遠也。非令德之後，誰能若是。』爲之歌陳，曰：『國無主，其能久乎！』自鄶以下無譏焉。爲之歌小雅，曰：『美哉，思而不貳，怨而不言，其周德之衰乎！猶有先王之遺民焉。』爲之歌大雅，曰：『廣哉，熙熙乎，曲而有直體，其文王之德乎！』爲之歌頌，曰：『至矣哉，直而不倨，曲而不屈，邇而不偪，遠而不攜，遷而不淫，復而不厭，哀而不愁，樂而不荒，用而不匱，廣而不宣，施而不費，取而不貪，處而不底，行而不流，五聲和，八風平，節有度，守有序，盛德之所同也。』果此段文字爲確，則三百篇之感人可謂深矣。

國風及二雅，均無何聚訟之問題。就中雖有主張『南，豳，雅，頌』四詩之說者，然其影響實不甚大。南宋程大昌詩論（有藝海珠塵本。）中南雅頌爲樂詩諸國爲徒詩篇云：『春秋戰國以來，諸侯卿大夫士賦詩道志者，凡詩雜取無擇。至考其入樂，則至邶至豳，無一詩在數。享之用鹿鳴，鄉飲酒之笙由庚，鵲巢，射之奏騶虞，采蘋，諸如此類，未有出南雅之外者。然後知南雅頌之爲樂詩而諸國之爲徒詩也。鼓鍾之詩曰，「以雅以南，以籥不僭。」季札觀樂，「有舞象箾南籥者。」詳而推之，「南籥」，二南之籥也；「箾」，雅也；「象舞」，頌之維清也。其在當時親其古樂者，凡舉雅頌率參以南。其後文王世子又有所謂「胥鼓南」者，則南之爲樂占矣。詩更秦火，簡編殘缺。學者不能自求之古，但從世傳訓故第第相受，於是擬命古來所無者以爲「國風」，參匹雅頌，而文王南樂遂包統于國風部彙之內。雖有卓見，亦莫敢出衆擬議也。』顧炎武日知錄四詩條亦云：『周南，召南，南也，非風也。豳謂之「豳詩」，亦謂之「雅」，亦謂之「頌」（據周禮籥章），而非風也。南，豳，雅，頌爲四詩，而列國之風附焉，此詩之本序也。』後此諸儒之說詩者，亦復議論紛紜，或本故訓，故雜己臆，殊鮮定論。至於商頌之問題，則爭論尤多。商頌諸篇，通常多認爲商詩之遺留，其實則爲宋詩。南宋王應麟困學紀聞云：『或謂文之繁簡，視世之文質。然商質而周文，商頌繁而周頌簡，文不可以一體觀也，』復云：『法言（學行篇。）曰：正考甫常睎尹吉甫矣，公子奚斯常睎正考父矣。』司馬公注楊子，謂正考甫作商頌，奚斯作閟宮之詩，故云。然愚按，史記宋世家：襄公之時，脩仁行義，欲爲盟主。其大夫正考甫美之，故追道契，湯，高宗，殷所以興，作商頌。注云：韓詩章句美襄公。樂記：溫良而能斷者宜歌商，鄭康成注謂商宋詩。蓋用韓詩說也。考之左傳：正考甫佐戴武宣。世本：正考甫生孔父嘉，爲宋司馬，華督殺之而絕其世。皆在襄公之前，安得作頌於襄公之時乎？後漢曹褒傳：奚斯頌魯，考甫詠殷。注引韓詩「新廟奕奕，奚斯所作，」薛君傳云：是詩公子奚斯所作。正考甫孔子之先也，作商頌十二篇。詩正義云：奚斯作新廟。而漢世文人班固王延壽謂魯頌奚斯作，謬矣。然楊子之言皆本韓詩，時毛詩未行也。』蓋尙以爲商頌爲商時所作，爲之申辯者。至近人王國維著說商頌，而商頌爲宋國人作之說，始確鑿不移。其言曰：觀堂集林卷二。

『商頌諸詩作於何時？毛韓說異。毛詩序謂：「微子至於戴公，其間禮樂廢壞。有正考父者，得商頌十二篇於周之大師，以那爲首。」是毛以商頌爲商詩也。史記宋世家：「襄公之時，脩行仁義，欲爲盟主。其大夫正考父美之，故追道契，湯，高宗，殷所以興，作商頌。」集解駰案：韓詩章句亦美襄公。案集解雖但引薛漢章句，疑是韓嬰舊說，史遷從之。楊子法言學行篇：正考父嘗睎尹吉甫矣，公子奚斯嘗睎正考父矣。亦以商頌爲考父作。皆在薛漢前後。漢曹褒及刻石之文亦皆從韓說。是韓以商頌爲宋詩也。

襄公考父時代不同，韓說固誤。然以爲考父所作，則固與毛詩同本魯語，未可以臆定其是非也。魯語閔馬父謂：「正考父校商之名頌十二篇於周大師，以那爲首。」考漢以前，初無校書之說。卽令校字作校理解，亦必考父自有一本，然後取周大師之本以校之，不得言「得」。是毛詩序改「校」爲「得」，已失魯語之意矣。余疑魯語「校」字當讀爲效。校者，獻也。謂正考父獻此十二篇於周大師。韓說本之。若如毛詩序說，則所得之本自有次第，不得復云「以那爲首」也。

且以正考父時代考之，亦以獻詩之說爲長。左氏昭七年傳：「及正考父佐戴武宣，」世本正考父生孔父嘉（詩商頌正義引），潛夫論氏姓志亦云：「考孔父之卒，在宋殤公十年。」自是上推之，則殤公十年，穆公九年，宣公十九年，武公十八年，戴公三十四年，自孔父之卒，上距戴公之立凡九十年。孔父佐穆殤二公，則其父恐不必逮事戴公。卽令早與政事，亦當在戴公暮年。而戴公之三十年，平王東遷，其時宗周旣滅，文物隨之。宋在東土，未有亡國之禍。先代禮樂，自當無恙，故獻之周太師以備四代之樂。較之毛詩序說，於事實爲近也。

然則商頌爲考父所獻，卽爲考父所作歟？曰，否。魯語引那之詩，而曰：「先聖王之傳恭，猶不敢專，稱曰自古，古曰在昔，昔曰先民。」可知閔馬父以那爲先聖王之詩，而非考父自作也。韓詩以爲考父所作，蓋無所據矣。

然則商頌果爲商人之詩歟？曰，否。殷武之卒章曰，「陟彼景山，松柏丸丸，」毛，鄭於景山均無說 魯頌擬此章，則云「徂徠之松，新甫之柏。」則古自以景山爲山名，不當如鄘風定之方中傳大山之說也。案左氏傳，商湯有景亳之命。水經注濟水篇黃溝枝流北逕己氏縣故城西，又北逕景山東。此山離湯所都之北亳不遠，商邱蒙亳以北，惟有此山。商頌所詠，當卽是矣。而商自般庚至於帝乙居殷墟，紂居朝歌，皆在河北。則造高宗寢廟，不得遠伐河南景山之木。惟宋居商邱，距景山僅百數十里，又周圍數百里內，別無名山。則伐景山之木以造宗廟，於事爲宜。此商頌當爲宋詩不爲商詩之一證也。

又自其文辭觀之，則殷虛卜辭所紀祭禮與制度文物，於商頌中無一可尋。其所見之人地名，與殷時之稱不類，而反與周時之稱相類。所用之成器，並不與周初類，而與宗周中葉以後相類。此尤不可不察也。卜辭稱國都曰商不曰殷，而頌則殷商錯出。卜辭稱湯曰大乙不曰湯，而頌則曰湯曰烈祖曰武王。此稱名之異也。其語句中亦多與周詩相襲。如那之猗那，卽檜風萇楚之阿儺，小雅隰桑之阿難，石鼓文之亞箬也。長發之「昭假遲遲」，卽雲漢之「昭假無贏」，烝民之「昭假於下」也。殷武之「有截其所」，卽常武之「截彼淮浦，王師之所」也。又如烈祖之「時靡有爭」，與江漢句同。「約軧錯衡，八鸞鶬鶬，」與采芑句同。凡所同者，皆宗周中葉以後之詩，而烝民江漢常武序皆以爲尹吉甫作。揚雄謂正考父睎尹吉甫，或非無據矣。

顧此數者，其爲商頌襲風雅，抑風雅襲商頌，或二者均不相襲，而同用當時之成語，皆不可知。然魯頌之襲商頌，則灼然事實。夫魯之於周，親則同姓，尊則王朝。乃其作頌，不摹周頌而摹商頌，蓋以與宋同爲列國，同用天子之禮樂。且商頌之作，時代較近，易於摹擬故也。由是言之，則商頌蓋宗周中葉宋人所作，以祀其先王。正考父獻之於周太師，而太師次之於周頌之後。逮魯頌既作，又次之於魯後。若果爲商人作，則當如尚書例在周頌前，又當次魯頌後矣。然則韓詩以商頌爲宋人所作，雖與魯語閔馬父之說不盡合，然由商頌之詩證之，固長於毛說遠矣。』

綜觀王氏之論，自以其列舉之：（1）殷武之卒章曰，『陟彼景山，松柏丸丸』云云，（2）自其文辭觀之，殷墟卜辭中所紀祭禮與制度文物，於商頌中無一可尋。其所見之人地名，與殷時之稱不類，而反與周時之稱相類。（3）所用之成語，並不與周初相類而與宗周中葉以後相類諸證最爲重要。而錢玄同答顧頡剛書讀書雜志第十期，收入古史辨第一冊，據清人魏源詩古微之論證，更主張商頌非東周以前之作品。此蓋秉襲前賢微言，羽翼王氏之說，復加以嚴密之探討與修正者。其言曰：

『王靜安先生說商頌是西周中葉宋國人底作品，此說我不以爲然。王氏不信衞宏序以商頌爲商詩之說，固然不錯；以景山及人名，地名，用語，稱名等等證明它是宋詩，尤爲卓識。但王氏所舉與商頌「語句相襲」的萇楚，隰桑，石鼓文，雲漢，烝民，常武，江漢，采芑諸周詩，雖舊說以爲宣幽時代底作品，然我却不敢貿然相信；況王氏又說：「其爲商頌襲風雅，抑風雅襲商頌，或二者均不相襲而同用當時之成語，皆不可知，」則王氏本未嘗以此等詞句相像爲商頌是西周時詩之證。但王氏又說，「魯頌之襲商頌，則灼然事實。夫魯之於周，親則同姓，尊則王朝，乃其作頌不摹周頌而摹商頌，蓋以與宋同爲列國，同用天子之禮樂，且商頌之作，時代較近，易於摹擬故也」因此斷定「商頌蓋宗周中葉宋人所作以祀其先王，正考父獻之於周太師，而太師次之於周頌之後，逮魯頌既作，又次之於魯後。」他這種證據是不能成立的。他說魯頌襲商頌之爲「灼然事實」，大概是根據法言「公子奚斯嘗睎正考甫矣」一語，所以他斷定魯頌「徂徠之松，新甫之柏，」是擬商頌「陟彼景山，松柏丸丸。」但揚雄這種話，實在沒有做證據的價值。其他什麼「同爲列國」，什麼「同用天子之禮樂」，什麼「時代較近」，更是臆測無據之談。蓋王氏雖不信衞序，但極信國語「正考甫校（王氏讀爲「效」，解爲「獻也」。）商頌於周太師」之說。我却以爲國語這句話也不可輕信；因爲用了「太師」和「校」這些字樣，很有漢朝人的色彩。據我看：還是史記說商頌是宋襄公時底詩底話，比較地近情。因爲商頌中誇大之語甚多，極與魯頌相像。魏源詩古微因魯頌閟宮有「荊舒是懲」及商頌殷武有「奮伐荊楚」之語，說「召陵之師，爲中夏攘楚第一舉，故魯僖宋襄歸侈厥績，各作頌詩，薦之宗廟，」其說似乎有理。還有一層，商頌文筆非常之暢達，實在不像東周以前底作品。』

至於周頌，自以淸阮元釋頌（揅經堂集）一篇，論斷最爲精當。王國維亦有說周頌（觀堂集林），傅斯年有周頌說（國立中央研究院歷史語言研究所集刊第一本第一分），解釋亦頗允當。惟周頌及魯頌兩者時代與內容之考據，大體原無問題，卽或有之，亦不過枝節牴牾，學者可自參考諸篇，本書因篇幅之限制，亦憚於重加節引矣。

三百篇之於周代，實非如後世僅以文學作品視之而已者。孔子謂『不學詩，無以言，』又云：『詩可以興，可以觀，可以羣，可以怨，』吾人苟以後世社會生活之眼光觀察之，其言殆不可解。不知同時貴族士大夫間之典禮，諷諫，賦答，言語，往往假三百篇之言辭以爲應用。此種應用之範圍至廣，所用之詩，亦不必盡合於作詩者之意志，而但求合於賦詩稱美祝頌或諷諫者之意志爲已足。顧頡剛著有詩經在春秋戰國間的地位一文，論之綦詳。

詩之應用於典禮者甚多，如祭祀則有小雅楚茨，賓宴則用小雅鹿鳴，白駒，周頌有客；慶賀則用大雅崧高，小雅出車；頌辭則用周南螽斯，桃夭。儀禮鄉飲酒禮，燕禮，鄉射禮，大射儀各篇，均有樂工歌詩之記載。如鄉飲酒禮云：

『設席於堂廉，東上。工四人，二瑟；瑟先。相者二人，皆左何瑟，後首，挎越，內弦，右手相。樂正先升，立於西階東。工入，升自西階，北面坐。相者東面坐　遂授瑟；乃降。工歌鹿鳴，四牡，皇皇者華。……笙入，堂下磬南。北面立；樂南陔，白華，華黍。……乃間歌魚麗，笙由庚；歌南有嘉魚，笙崇丘；歌南山有臺，笙由儀。乃合樂：周南關雎，葛覃，卷耳；召南鵲巢，采蘩，采蘋。工告於樂正曰：「正歌備」；樂正告於賓，乃降。』」

此描寫奏樂之程序，最爲清晰。禮記中投壺，射義，亦紀奏貍首，騶虞，采蘋，采蘩爲節之情形。周代典禮時用詩之狀況，蓋可於此窺見其一斑矣。

至於三百篇之用於諷諫朝政者，其事實亦甚衆。國語周語述邵公之諫厲王曰：『故天子聽政：使公卿至於列士獻詩，瞽獻曲，史獻書，師箴，瞍賦，矇誦，百工諫，庶人傳語，近臣盡規，親戚補察，瞽史教誨，耆艾修之，而後王斟酌焉，是以事行而不悖。』左傳襄公十四年，師曠對晉悼公之語亦云：『自王以下，各有父兄子弟以補察其政：史爲書，瞽爲詩，工誦箴諫，大夫規誨，士傳言，庶人謗。』又國語晉語，范文子戒趙文子曰：『吾聞古之王者，政德既成，又聽於民，於是乎使工誦諫於朝，在列者獻詩，使勿兜；風聽臚言於市，辨祆祥於謠，考百事於朝，問謗譽於路：有邪而正之，盡戒之術也，先王疾是驕也！』凡此皆可認爲周代諷諫詩產生之環境，至於諷諫之作品，則如魏風葛屨，小雅節南山，小雅何人斯，小雅正月，小雅雨無正，或意在規勸，或警戒暴虐，均爲不可多得之諷諫詩歌也。

賦詩之用，多爲主賓間相互之稱美及祝頌。孔子謂『誦詩三百，授之以政，不達；使於四方，不能專對：……』云云，足徵賦詩常爲列國間外交上一種至爲莊重優美之辭令。昭公十二年左傳：宋華定來聘，通嗣君也。公享之，爲賦蓼蕭，弗知，又不答賦。昭子曰：『必亡！宴語之不懷，寵光之不宣，令德之不知，同福之不受，將何以在？』襄公十六年傳：晉侯與諸侯宴於溫，使諸大夫舞，曰：『歌詩必類，齊高厚之詩不類。』荀偃怒，且曰：『諸侯有異志矣！』使諸大夫盟高厚，高厚逃歸。僖二十三年傳：晉公子重耳至秦，他日，公享之。子犯曰：『吾不如衰之文也，請使衰從。』公子賦河水，公賦六月。趙衰曰：『重耳拜賜。』公子降拜稽首，公降一級而辭焉。衰曰：『君稱所以佐天子者命重耳，重耳敢不拜！』昭二年傳：晉侯使韓宣子來聘，公享之。季武子賦緜之卒章。韓子賦角弓。季武子拜曰：『敢拜子之彌縫敝邑，寡君有望矣。』武子賦節之卒章。旣享，宴於季氏，有嘉樹焉，宣子譽之。武子曰：『宿敢不封殖此樹，以無忘角弓？』遂賦甘棠。宣子曰：『起不堪也，無以及召公。』襄二十七年傳：鄭伯享趙孟於垂隴；子展，伯有，子西，子產，子大叔，二子石從。趙孟曰：『七子從君，以寵武也：請皆賦以卒君貺；武亦以觀七子之志。』子展賦草蟲，趙孟曰：『善哉，民之主也，抑武也不足以當之。』伯有賦鶉之賁賁，趙孟曰：『床笫之言不踰閾，況在野乎？非使人之所得聞也。』子西賦黍苗之四章，趙孟曰：『寡君在，武何能焉？』子產賦隰桑，趙孟曰：『武請受其卒章。』子大叔賦野有蔓草，趙孟曰：『吾子之惠也。』印段賦蟋蟀，趙孟曰：『善哉，保家之主也，吾有望矣。』公孫段賦桑扈，趙孟曰：『「匪交匪敖」，福將焉往？若保是言也，欲辭福祿得乎？』卒享，文子告叔向曰：『伯有將爲戮矣。詩以言志：志誣其上而公怨之，以爲賓榮，其能久乎？』昭十六年傳：鄭六卿餞宣子於郊，宣子曰：『二三君子請皆賦，起亦以知鄭志。』子齹賦野有蔓草，宣子曰：『孺子善哉，吾有望矣。』子產賦鄭之羔裘，宣子曰：『起不堪也！』子太叔賦褰裳，宣子曰：『起在此，敢勤子至於他人乎？』子太叔拜，宣子曰：『善哉，子之言是。不有是事，其能終乎！』子游賦風雨，子旗賦有女同車，子柳賦蘀兮。宣子喜曰：『鄭其庶乎！二三君子以君命貺起，賦不出鄭志，皆昵燕好也。二三君子，數世之主也，可以無懼矣！』宣子皆獻馬焉，而賦我將。子產拜，使五卿皆拜，曰：『吾子靖亂，敢不拜德？』襄公二十六年傳：秋七月，齊侯鄭伯爲衞侯故如晉。晉侯兼享之。晉侯賦嘉樂，國景子相齊侯，賦蓼蕭，子展相鄭伯，賦緇衣。叔向命晉侯拜二君曰：『寡君敢拜齊君之安我先君之宗祧也，敢拜鄭君之不貳也。』國子使晏平仲私於叔向曰：『晉君宣其明德於諸侯，恤其患而補其闕，正其違而治其煩，所以爲盟主也。今爲臣執君，若之何？』叔向告趙文子，文子以告晉侯。晉侯言衞侯之罪，使叔向告二君。國子賦轡之柔矣，子展賦將仲子兮。晉侯乃許歸衞侯 晉平公囚衞獻公，齊景公鄭簡公至晉事。 定四年傳：申包胥如秦乞師，曰：『吳爲封豕長蛇，以薦食上國，虐始於楚。寡君失守社稷，越在草莽，使下臣告急。……』秦伯使辭焉，曰：『寡人聞命矣，子姑就館，將圖而告。』對曰：『寡君越在草莽，未獲所伏，下臣何敢卽安！』立，依於庭牆而哭，日夜不絕聲，勺飲不入口，七日，秦哀公爲之賦無衣，九頓首而坐。秦師乃出。襄二十七年傳：齊慶封來聘，其車美。孟孫謂叔孫曰：『豹聞之，服美不稱，必以惡終。美車何爲？』叔孫與慶封食，不敬；爲賦相鼠，亦不知也。賦詩可以見志，如伯有，慶封諸人，『不學詩，無以言，』在當時卽深爲他國朝臣列士所譏辱。無此特『登高能賦』善頌善禱而已，初無何種實質上之用途。至於詩之用於應對言語者，則更有實質上之作用可見。

三百篇代替言語之用，如宣公二年傳：趙穿攻靈公於桃園，宣子未出山而復。太史書曰：『趙盾弒其君，』以示於朝。宣子曰：『不然！』對曰：『子爲正卿，亡不越境，反不討賊，非子而誰！』宣子曰：『嗚呼，「我之懷矣，自貽伊慼，」其我之謂矣。』襄二十五年左傳：衞獻公自夷儀使與甯喜言，甯喜許之。太叔文子聞之曰：『烏乎！詩所謂「我躬不說，皇恤我後」者，甯子可謂不恤其後矣！……』詩曰：『夙夜匪懈，以事一人」，今甯子視君不如奕棋，其何以免乎！』襄二十九年傳：鄭大夫盟於伯有氏。裨諶曰：『是盟也，其與幾何？詩曰：「君子屢盟，亂是用長。」今是長亂之道也，禍未歇也！』成二年傳：晉師從齊師，入自丘輿，擊馬陘。齊侯使賓媚人賂以紀甗，玉磬，與地。……晉人不可，曰：必『必以蕭同叔子爲質，而使齊之封內盡東其畝。』對曰：『蕭同叔子非他，寡君之母也；若以匹敵，則亦晉君之母也。吾子布大命於諸侯，而曰必質其母以爲信，其若王命何？且是以不孝令也。詩曰：「孝子不匱，永錫爾類，」若以不孝令於諸侯，其無乃非德類也乎？先王疆理天下，物土之宜而布其利，故詩曰：「我疆我理，南東其畝，」今吾子疆理諸侯，而曰盡東其畝而已，唯吾子戎車是利，無顧士宜，其無乃非先王之命也乎！……今吾子求合諸侯以逞無疆之欲，詩曰：「布政優優，百祿是遒，」子實不優而棄百祿，諸侯何害焉？……』……晉人許之。襄十年傳：晉荀偃士匄請伐偪陽，……圍之　弗克。……偪陽人啓門　諸侯之士門焉。縣門發，郰人紇抉之以出門者。……孟獻子曰：『詩所謂「有力如虎」者也。』定十年傳：侯犯以郈叛。……叔孫謂郈工師駟赤曰：『郈非唯叔孫氏之憂，社稷之患也；將若之何？』對曰：『臣之業在揚水卒章之四言矣！』叔孫稽首。國語魯語：諸侯伐秦，及涇莫濟。晉叔向見叔孫穆子曰：『諸侯謂秦不恭而討之，及涇而止，於秦何益？』穆子曰：『豹之業及匏有苦葉矣，不知其他！』叔向退，召舟虞與司馬曰：『夫苦匏不材，於人共濟而已！魯叔孫賦匏有苦葉，必將涉矣。且舟除隧，不共有法。』是行也，魯人以莒人先濟，諸侯從之。諸例皆可見三百篇用於言語用途之流廣，樂聲雖有各國之分，而引用之者徧及各地，原無國界之殄域也。

至於二百篇之分類，在形式方面，固有風雅頌等大體上之區別，然就內容方面觀之，則詩篇排列混淆複雜，殊有加以重新分類之必要。近年頗有人用白話加以語譯，讀之者如誦當代歌謠，趣味盎然，彌覺親切。復有就吾人今日對此三百篇之新認識，重行表列者，今舉鄭振鐸文學大綱第一册所試行分表者爲例。其分類亦未盡詳愜，第此或可爲學者將來從事之一種新途徑而已：

詩三百篇

一　詩人創作（正月，十月，節南山，嵩高，蒸民等）
　（1）戀歌（靜女，中谷，將仲子等）
　（2）結婚歌（關雎桃夭鵲巢等）
二　民間歌謠
　（3）悼歌及頌賀歌（蓼莪，麟之趾，螽斯等）
　（4）農歌（七月，甫田，大田，行葦，旣醉等）
　（5）其牠
三　貴族樂歌
　（1）宗廟樂歌（文王等）
　（2）頌神歌或禱歌（思文雲漢等）
　（3）宴會歌（庭燎，鹿鳴，伐木等）
　（4）田獵歌（車攻，吉日等）
　（5）戰事歌（常武等）
　（6）其牠

右表中所舉有詩人創作，如小雅節南山爲家父作誦，大雅嵩高蒸民爲吉甫作誦……等，然三百篇作者主名之可考者實不多覯。毛傳以豳風中之七月，鴟鴞，東山三篇爲周公旦所作，雖無的證，然其描寫技術確較國風諸篇爲精進，似出諸朝士大夫之手，此則必非偶然者（鄭表中以七月爲農歌）。大小雅中，有燕飲祭祀之詩，有贊美祝頌之辭，然其中更爲吾人注意者，厥爲長篇史詩之發展，如：大雅生民之美后稷，公劉之美公劉，緜之美大王，皇矣之美文王，大明之美武王，其敍述姬周先世之史蹟，饒有動人之處。大雅江漢敍宣王命召虎征淮夷之事，常武敍宣王命皇父征淮徐之事，小雅出車敍厲王時南仲伐玁狁之事，采芑敍宣王時方叔伐荊蠻之事，六月敍宣王命尹吉甫征玁狁之事，亦復將東周前之重要史蹟，鋪陳盡敍。（參看陸侃如著詩史，龍沐勛著中國韻文史）。此種史詩，不僅可覘周代文學與武功之盛，亦且可躋列世界著名 Epic 之林而終無愧色者也。惜乎此種史詩之作者，有主名者亦不甚多。雅頌既均如是，則風詩之出於里巷歌謠者，其作者之不易考見宜矣。

三百篇之形式，以四言句爲最多，而三五雜言諸體，亦往往有之。晉摯虞文章流別志論（輯本）。云：『古之詩有三言，四言，五言，七言，九言，六言。古詩率以四言爲體，而時有一句二句雜在四言之間。後世演之，遂以爲篇。古詩之三言者：「振之鷺」「鷺于飛」之屬是也，漢郊廟歌多用之。五言者：「誰謂雀無角，何以穿我屋」之屬是也，於俳諧倡樂多用之。六言者：「我姑酌彼金罍」之屬是也，樂府亦用之。七言者：「交交黃鳥止於桑」之屬是也，於俳諧倡樂多用之。』此可徵後世各種詩體，多由三百篇之體制而來。劉勰文心雕龍云：『召南行露，始肇半章；孺子滄浪，亦有全曲，暇豫優歌，遠見春秋，邪徑童謠，近在成世，閱時取證，則五言久矣。』謝榛四溟詩話復云：『江有汜，乃三言之始，迨天馬歌體製備矣，』則五言三言詩之憑藉三百篇發展之途徑而蔚成巨製，蓋可知矣。

至於三百篇之用韻，或協於句首尾，或協於句中，而隔句韻之外，更有每句用韻或換韻者。亦有不用韻者，如頌詩清廟，一章八句，全篇無韻；昊天有成命一章七句，全篇無韻；時邁一章十五句，全篇無韻；思文一章八句，末四句無韻；載芟一章三十一句，末三句無韻詳見顧炎武詩本音。其他修辭方面，文學上之藻飾成分亦甚多，如好用重言，雙聲疊韻，疊句，對句，隔句對等，不勝枚舉。至於形容之美，夸容之盛，如大雅綿篇云：『周原膴膴，堇荼如飴』文心雕龍夸飾篇云：『茶味之苦，寧以周原而成飴？并意深褒讚，故義成矯飾。』，大雅假樂云：『干祿百福，子孫千億』論衡藝增篇：『夫子孫雖衆，不能千億，詩人頌美，增益其實。』大雅雲漢云：『兢兢業業，如霆如雷。周餘黎民，靡有孑遺』論衡藝增篇云：『夫旱甚則有之矣，言無孑遺一人，增之也。』之類，無不富於描寫之情韻。形容辭中，更多用重言諧聲之創法，如形容雎鳩之聲則用關關；形容草蟲之聲則用喓喓，形容雞鳴之聲則用膠膠；形容鹿鳴之聲則用呦呦；形容築土之聲則用登登……是。又有以疊韻二字爲聯綿形容之辭，如虺隤，委蛇，鞅掌，差池，綢繆，優游等是；雙聲而兼疊韻，如緜蠻之類是；疊韻而兼雙聲，如間關之類是。日人大島正健嘗著詩經中聲音字描寫之考察，以古音讀考之，具得聲韻形容之妙。吾國學者研究三百篇之用韻者，自顧亭林以降，江愼修著古韻標準，孔廣森著詩聲類分例，近儒丁以此更著毛詩正韻，研究析晝益細，所舉韻例益繁。

三百篇文辭之內容，境界深雋自然，每有非一二言所可盡述者。然究其實際，則不過爲山謠野歌以及朝廟享祀所應用之樂集，決非若後世詩中藝術之細密。然後世詩人斤斤於藝術之細，刻畫之工，往往過於曲折，不易領悟，已有類似衰落之趨勢，反不如無名詩人激越與發之音節，發揚蹈厲之敍事之爲愈（用傅斯年先生說）。如芣苢之自然，蒹葭之柔情，君子偕老碩人其頎女曰雞鳴之美暢，柏舟谷風氓之曲折婉轉，君子于役之蘊蓄語外，伐檀碩鼠之憤訴不平，七月之描寫農家生活，於嚴肅態度中，間出以詼諧；正月繁霜小昊之意重心長，民勞板之叮嚀周至，莫不旨遠言近，感情眞摯有力。在距今二千五百年前，吾國已有此種詩歌之大結集，不可謂爲非文學史上初幕之傑構已！

三百篇對於後世影響之鉅大，可於其傳統地位之崇高而覘得之。然舊說詩經爲孔聖所刪修，漢人舉以爲六經之首，復用爲勸善懲暴之工具，故讀誦舊籍者亦多震於其道德上之崇敬觀念與權威，而沒其文學上之光輝與眞價值。如詩序云：『故正得失，動天地，感鬼神，莫近乎詩。先王以是經夫婦，成孝敬，厚人倫，美教化，移風俗。』此序爲東漢衞宏所僞託，亦可見當時對於三百篇之態度矣。至南宋朱熹集傳始云：『詩本是恁地說話，一章言了，次章又從而歎詠之。雖別無義理，而意味深長，不可於名物上尋義理。後人往往見其言如此平淡，只管添上義理，却窒塞了他。』『今欲觀詩，不若且置小序及舊說，只將原詩虛心熟讀。徐徐玩味，見箇詩人本意，欲從此推尋將去，方有感發。若被舊說局定，便看不去。』『大率古人作詩，其間亦自存感物道情，吟詠情性，幾時盡是譏刺他人？只緣序者立例，篇篇要作美刺說，把詩人意思盡穿鑿壞了。』『小序大無義理，是後人湊合而成，多就詩中採摭言語，不能發明大旨，』其議論極是，附和者亦甚多，如王應麟謂：『諸儒說詩，一以毛鄭爲宗，未有參考三家者。獨朱文公集傳，閎意眇指，卓然千載之上。』其推尊有如此者！綜觀三百篇中，描寫男女求偶者如野有死麕標有梅，寫戀愛者如桑中東方之日，寫結昏者如桃之夭夭何彼穠矣，寫相思者如卷耳汝墳，寫單戀者如有女同車出其東門，寫拒愛者如行露匏有苦葉，均爲言情詩之上乘。其影響所及，如古詩十九首之明月何皎皎冉冉孤生竹，秦嘉徐淑之贈答詩，蘇百玉妻之盤中詩，以迄徐陵玉臺新詠中所收集者，莫不得溯其淵源於此。寫景之詩，如文選中游覽行旅諸作；詠物之詩，如古樂府中題時景山水草木鳥獸諸作；在三百篇中亦可推尋蹤迹。諷諫之詩，如韋孟諷諫在鄒，東方朔誡子，韋玄成自劾戒子孫，唐山夫人安世房中樂，傅毅述志，仲長統述志詩等，亦均受有詩經風格之感化。然四言之作，三百篇爲極盛，其影響雖及於將來之各種詩體，而後人之專行模仿其體製者則殊尠見。曹操短歌行，才雄氣盛，爲一例外。蓋一時代有一時代之文學，不相因襲，顧炎武所謂『三百篇之不能不降而楚辭』者勢也。

茲選三百篇若干首為例。篇幅雖較繁，讀者蓋可從而窺見毛詩內容之各方面。依胡適中國文學史選例，北京大學出版。

(一)周頌

(1)維天之命

維！天之命，於！穆不已！於乎！不顯文王之德之純！假以溢我，我其收之！駿惠我文王，曾孫篤之！

(2)我將

我將我享，維羊維牛，維天其右之！儀式刑文王之典，日靖四方。伊嘏文王，既右饗之。我其夙夜畏天之威，于時保之！

(3)豐年

豐年多黍多稌，亦有高廩，萬億及秭。為酒為醴，烝畀祖妣，以洽百禮。降福孔皆！

(二)周民族史詩

(4)生民

厥初生民，時維姜嫄。生民如何？克禋克祀，以弗無子，履帝武敏歆，攸介攸止，載震載夙，載生載育，時維后稷。

誕彌厥月，先生如達。不坼不副，無菑無害。以赫厥靈，上帝不寧。不康禋祀，居然生子。

誕寘之隘巷，牛羊腓字之。誕寘之平林，會伐平林。誕寘之寒冰，鳥覆翼之。鳥乃去矣，后稷呱矣，實覃實訏，厥聲載路。

誕實匍匐，克岐克嶷，以就口食。蓺之荏菽，荏菽旆旆，禾役穟穟，麻麥幪幪，瓜瓞唪唪。

誕后稷之穡，有相之道。茀厥豐草，種之黃茂。實方實苞，實種實褎。實發實秀，實堅實好。實穎實栗，卽有邰家室。

誕降嘉種，維秬維秠，維穈維芑。恆之秬秠，是穫是畝。恆之穈芑，是任是負，以歸肇祀。

誕我祀如何？或舂或揄，或簸或蹂。釋之叟叟，烝之浮浮。載謀載惟，取蕭祭脂，取羝以軷。載燔載烈，以興嗣歲。

卬盛于豆，于豆于登，其香始升，上帝居歆。胡臭亶時，后稷肇祀。庶無罪悔，以迄于今。

（三）民歌（上）（國風）

（5）芣苢

采采芣苢，薄言采之。采采芣苢，薄言有之。

采采芣苢，薄言掇之。采采芣苢，薄言捋之。
采采芣苢，薄言袺之。采采芣苢，薄言襭之。

（6）草蟲

喓喓草蟲，趯趯阜螽。未見君子，憂心忡忡。亦既見止，亦既覯止，我心則降。
陟彼南山，言采其蕨。未見君子，憂心惙惙。亦既見止，亦既覯止，我心則說。
陟彼南山，言采其薇。未見君子，我心傷悲。亦既見止，亦既覯止，我心則夷。

（7）靜女

靜女其姝，俟我於城隅。愛而不見，搔首踟躕。
靜女其孌，貽我彤管。彤管有煒，說懌女美。
自牧歸荑，洵美且異。匪女之爲美，美人之貽。

（8）相鼠

相鼠有皮，人而無儀，人而無儀，不死何爲！
相鼠有齒，人而無止，人而無止，不死何俟！
相鼠有體，人而無禮，人而無禮，胡不遄死！

（9）碩人

碩人其頎，衣錦褧衣。齊侯之子，衛侯之妻，東宮之妹，邢侯之姨，譚公維私。

手如柔荑，膚如凝脂，領如蝤蠐，齒如瓠犀，螓首蛾眉，巧笑倩兮，美目盼兮。
碩人敖敖，說于農郊。四牡有驕，朱幩鑣鑣。翟茀以朝。大夫夙退，無使民勞。
河水洋洋，北流活活，施罛濊濊，鱣鮪發發。葭菼揭揭，庶姜孽孽，庶士有朅。

(10)伯兮

伯兮朅兮，邦之桀兮，伯也執殳，爲王前驅。
自伯之東，首如飛蓬，豈無膏沐，誰適爲容！
其雨其雨，杲杲出日，願言思伯，甘心首疾。
焉得諼草，言樹之背？願言思伯，使我心痗。

(11)木瓜

投我以木瓜，報之以瓊琚。匪報也，永以爲好也。
投我以木桃，報之以瓊瑤。匪報也，永以爲好也。
投我以木李，報之以瓊玖。匪報也，永以爲好也。

(12)葛藟

緜緜葛藟，在河之滸。終遠兄弟，謂他人父。謂他人父，亦莫我顧！
緜緜葛藟，在河之涘。終遠兄弟，謂他人母。謂他人母，亦莫我有！
緜緜葛藟，在河之漘。終遠兄弟，謂他人昆。謂他人昆，亦莫我聞！

（13）采葛

彼采葛兮，一日不見，如三月兮！

彼采蕭兮，一日不見，如三秋兮！

彼采艾兮，一日不見，如三歲兮！

（14）將仲子

將仲子兮，無踰我里，無折我樹杞。豈敢愛之？畏我父母。仲可懷也；父母之言，亦可畏也。

將仲子兮，無踰我牆，無折我樹桑。豈敢愛之？畏我諸兄。仲可懷也；諸兄之言，亦可畏也。

將仲子兮，無踰我園，無折我樹檀。豈敢愛之？畏人之多言。仲可懷也；人之多言，亦可畏也。

（15）蘀兮

蘀兮蘀兮，風其吹女。叔兮伯兮，倡，予和女。

蘀兮蘀兮，風其漂女。叔兮伯兮，倡，予要女。

（16）狡童

彼狡童兮，不與我言兮！維子之故，使我不能餐兮！

彼狡童兮，不與我食兮！維子之故，使我不能息兮！

(17)褰裳

子惠思我，褰裳涉溱。子不我思，豈無他人！狂童之狂也且！

子惠思我，褰裳涉洧。子不我思，豈無他士！狂童之狂也且！

(18)出其東門

出其東門，有女如雲。雖則如雲，匪我思存。縞衣綦巾，聊樂我員。

出其闉闍，有女如荼。雖則如荼，匪我思且。縞衣茹藘，聊可與娛。

(19)著

俟我於著乎而？充耳以素乎而？尙之以瓊華乎而？

俟我於庭乎而？充耳以青乎而？尙之以瓊瑩乎而？

俟我於堂乎而？充耳以黃乎而？尙之以瓊英乎而？

(20)碩鼠

碩鼠碩鼠，無食我黍。三歲貫女，莫我肯顧。逝將去女，適彼樂土！樂土樂土，爰得我所！

碩鼠碩鼠，無食我麥。三歲貫女，莫我肯德。逝將去女，適彼樂國！樂國樂國，爰得我直！

碩鼠碩鼠，無食我苗。三歲貫女，莫我肯勞。逝將去女，適彼樂郊！樂郊樂郊，誰之永號！

（21）綢繆

綢繆束薪，三星在天。今夕何夕，見此良人！子兮子兮，如此良人何！

綢繆束芻，三星在隅。今夕何夕，見此邂逅！子兮子兮，如此邂逅何！

綢繆束楚，三星在戶。今夕何夕，見此粲者！子兮子兮，如此粲者何！

（22）蒹葭

蒹葭蒼蒼，白露爲霜。所謂伊人，在水一方。遡洄從之，道阻且長。遡游從之，宛在水中央。

蒹葭淒淒，白露未晞。所謂伊人，在水之湄。遡洄從之，道阻且躋。遡游從之，宛在水中坻。

蒹葭采采，白露未已。所謂伊人，在水之涘。遡洄從之，道阻且右。遡游從之，宛在水中沚。

（23）無衣

豈曰無衣？與子同袍。王于興師，修我戈矛，與子同仇。

豈曰無衣？與子同澤。王于興師，修我矛戟，與子偕作。

豈曰無衣？與子同裳。王于興師，修我甲兵，與子偕行。

（24）衡門

衡門之下，可以棲遲。泌之洋洋，可以樂飢。

豈其食魚，必河之魴？豈其取妻，必齊之姜？

豈其食魚，必河之鯉？豈其取妻，必宋之子？

（25）東門之楊

東門之楊，其葉牂牂。昏以爲期，明星煌煌。

東門之楊，其葉肺肺。昏以爲期，明星晳晳。

（26）月出

月出皎兮，佼人僚兮。舒窈糾兮，勞心悄兮！

月出皓兮，佼人懰兮。舒懮受兮，勞心慅兮！

月出照兮，佼人燎兮。舒夭紹兮，勞心慘兮！

（27）七月

七月流火，九月授衣。一之日觱發，二之日栗烈，無衣無褐，何以卒歲？三之日于耜，

四之日舉趾，同我婦子，饁彼南畝，田畯至喜。

七月流火，九月授衣。春日載陽，有鳴倉庚。女執懿筐，遵彼微行，爰求柔桑。春日遲

遲，采蘩祁祁。女心傷悲，殆及公子同歸！

七月流火，八月萑葦，蠶月條桑。取彼斧斨，以伐遠揚，猗彼女桑。七月鳴鵙，八月載績，載玄載黃，我朱孔陽，爲公子裳。

四月葽秀，五月鳴蜩，八月其穫，十月隕蘀。一之日于貉，取彼狐狸，爲公子裘。二之日其同，載纘武功，言私其豵，獻豣于公。

五月斯螽動股，六月莎雞振羽，七月在野，八月在宇，九月在戶。十月蟋蟀，入我牀下，穹窒熏鼠，塞向墐戶。嗟我婦子，曰爲改歲，入此室處。

六月食鬱及薁，七月亨葵及菽，八月剝棗，十月穫稻，爲此春酒，以介眉壽。七月食瓜，八月斷壺，九月叔苴，采荼薪樗，食我農夫。

九月築場圃，十月納禾稼，黍稷重穋，禾麻菽麥。嗟我農夫，我稼既同，上入執宮功。晝爾于茅，宵爾索綯。亟其乘屋，其始播百穀。

二之日鑿冰冲冲，三之日納于凌陰，四之日其蚤，獻羔祭韭。九月肅霜，十月滌場，朋酒斯饗，曰殺羔羊，躋彼公堂，稱彼兕觥，萬壽無疆！

（28）鴟鴞

鴟鴞鴟鴞，既取我子，無毀我室！恩斯勤斯，鬻子之閔斯！

迨天之未陰雨，徹彼桑土，綢繆牖戶。今女下民，或敢侮予。

予手拮据，予所捋荼，予所蓄租，予口卒瘏，曰予未有室家。

予羽譙譙，予尾翛翛，予室翹翹，風雨所漂搖，予維音嘵嘵。

（四）民歌（下）（小雅）

（29）采薇

采薇采薇，薇亦作止。曰歸曰歸，歲亦莫止。靡室靡家，玁狁之故。不遑啓居，玁狁之故。

采薇采薇，薇亦柔止。曰歸曰歸，心亦憂止。憂心烈烈，載飢載渴。我戍未定，靡使歸聘。

采薇采薇，薇亦剛止。曰歸曰歸，歲亦陽止。王事靡盬，不遑啓處。憂心孔疚，我行不來。

彼爾維何？維常之華。彼路斯何？君子之車。戎車既駕，四牡業業。豈敢定居？一月三捷。

駕彼四牡，四牡騤騤。君子所依，小人所腓。四牡翼翼，象弭魚服，豈不日戒？玁狁孔棘。

昔我往矣，楊柳依依。今我來思，雨雪霏霏。行道遲遲，載渴載飢。我心傷悲，莫知我哀。

（30）杕杜

有杕之杜，有晥其實。王事靡盬，繼嗣我日。日月陽止，女心傷止，征夫遑止！
有杕之杜，其葉萋萋。王事靡盬，我心傷悲。卉木萋止，女心悲止，征夫歸止。
陟彼北山，言采其杞。王事靡盬，憂我父母。檀車幝幝，四牡痯痯，征夫不遠！
匪載匪來，憂心孔疚，期逝不至，而多爲恤。卜筮偕止，會言近止，征夫邇止！

（31）黃鳥

黃鳥黃鳥，無集于穀，無啄我粟。此邦之人，不我肯穀。言旋言歸，復我邦族。
黃鳥黃鳥，無集于桑，無啄我粱。此邦之人，不可與明。言旋言歸，復我諸兄。
黃鳥黃鳥，無集于栩，無啄我黍。此邦之人，不可與處。言旋言歸，復我諸父。

（32）斯干

秩秩斯干，幽幽南山。如竹苞矣，如松茂矣！兄及弟矣，式相好矣，無相猶矣！
似續妣祖，築室百堵，西南其戶。爰居爰處，爰笑爰語。約之閣閣，椓之橐橐，風雨攸除，鳥鼠攸去，君子攸芋。
如跂斯翼，如矢斯棘，如鳥斯革，如翬斯飛，君子攸躋。
殖殖其庭，有覺其楹，噲噲其正，噲噲其冥，君子攸寧。
下莞上簟，乃安斯寢。乃寢乃興，乃占我夢。吉夢維何？維熊維羆，維虺維蛇。

大人占之：維熊維羆，男子之祥。維虺維蛇，女子之祥。
乃生男子，載寢之牀，載衣之裳，載弄之璋。其泣喤喤，朱芾斯皇，室家君王！
乃生女子，載寢之地，載衣之裼，載弄之瓦。無非無儀，唯酒食是議，無父母貽罹；

（33）無羊

誰謂爾無羊？三百維羣。誰謂爾無牛？九十其犉。爾羊來思，其角濈濈。爾牛來思，其耳濕濕。
或降于阿，或飲于池，或寢或訛。爾牧來思，何蓑何笠，或負其餱，三十維物，爾牲則具。
爾牧來思，以薪以蒸，以雌以雄。爾羊來思，矜矜兢兢，不騫不崩，麾之以肱，畢來既升。
牧人乃夢，衆維魚矣，旐維旟矣。大人占之：衆維魚矣，實維豐年。旐維旟矣，室家溱溱。

（34）苕之華

苕之華，芸其黃矣。心之憂矣，維其傷矣！
苕之華，其葉青青。知我如此，不如無生！
牂羊墳首，三星在罶。人可以食，鮮可以飽。

（35）何草不黃

何草不黃，何日不行！何人不將！經營四方。

何草不玄！何人不矜！哀我征夫，獨爲匪民。

匪兕匪虎，率彼曠野。哀我征夫，朝夕不暇！

有芃者狐，率彼幽草。有棧之車，行彼周道。

（五）諷諭詩

（36）北門

出自北門，憂心殷殷，終窶且貧，莫知我艱，已焉哉，天實爲之，謂之何哉？

王事適我，政事一埤益我，我入自外，室人交徧讁我。已焉哉，天實爲之，謂之何哉？

王事敦我，政事一埤遺我，我入自外，室人交徧摧我。已焉哉，天實爲之，謂之何哉？

（37）黍離

彼黍離離，彼稷之苗，行邁靡靡，中心搖搖。知我者謂我心憂，不知我者謂我何求。悠悠蒼天，此何人哉！

彼黍離離，彼稷之穗，行邁靡靡，中心如醉。知我者謂我心憂，不知我者謂我何求。悠悠蒼天，此何人哉！

彼黍離離，彼稷之實，行邁靡靡，中心如噎。知我者謂我心憂，不知我者謂我何求。悠悠蒼天，此何人哉！

（38）伐檀

坎坎伐檀兮，寘之河之干兮，河水清且漣猗，不稼不穡，胡取禾三百廛兮？不狩不獵，胡瞻爾庭有縣貆兮？彼君子兮，不素餐兮！

坎坎伐輻兮，寘之河之側兮，河水清且直猗，不稼不穡，胡取禾三百億兮？不狩不獵，胡瞻爾庭有縣特兮？彼君子兮，不素食兮！

坎坎伐輪兮，寘之河之漘兮，河水清且淪猗，不稼不穡，胡取禾三百囷兮？不狩不獵，胡瞻爾庭有縣鶉兮？彼君子兮，不素飧兮

（39）山有樞

山有樞，隰有榆。子有衣裳，弗曳弗婁。子有車馬，弗馳弗驅。宛其死矣，他人是愉！

山有栲，隰有杻。子有廷內，弗洒弗掃。子有鐘鼓，弗鼓弗考，宛其死矣，他人是保！

山有漆，隰有栗。子有酒食，何不日鼓瑟，且以喜樂，且以永日？宛其死矣，他人入

室！

（40）正月

正月繁霜，我心憂傷。民之訛言，亦孔之將。念我獨兮，憂心京京。哀我小心，癙憂以痒。

父母生我，胡俾我瘉，不自我先，不自我後？好言自口，莠言自口，憂心愈愈，是以有侮。

憂心惸惸，念我無祿。民之無辜，幷其臣僕。哀我人斯，于何從祿？瞻烏爰止，于誰之屋！

瞻彼中林，侯薪侯蒸，民今方殆，視天夢夢。既克有定，靡人弗勝。有皇上帝，伊誰云憎？

謂山蓋卑，爲岡爲陵。民之訛言，寧莫之懲。召彼故老，訊之占夢，具曰予聖，誰知烏之雌雄？

謂天蓋高，不敢不局。謂地蓋厚，不敢不蹐。維號斯言，有倫有脊。哀今之人，胡爲虺蜴！

瞻彼阪田，有鬱其特，天之扤我，如不我克。彼求我則，如不我得。執我仇仇，亦不我力。

心之憂矣，如或結之。今玆之正，胡然厲矣。燎之方揚，寧或滅之？赫赫宗周，褒姒威之！

終其永懷，又窘陰雨，其車既載，乃棄爾輔，載輸爾載，將伯助予。

無棄爾輔，員于爾輻，爾顧爾僕，不輸爾載，終踰絕險，曾是不意。

魚在于沼，亦匪克樂，潛雖伏矣，亦孔之炤。憂心慘慘，念國之爲虐！

彼有旨酒，又有嘉殽。洽比其鄰，昏姻孔云。念我獨兮，憂心慇慇。

佌佌彼有屋，蔌蔌方有穀。民今之無祿，天夭是椓。哿矣富人，哀此惸獨！

（41）十月之交

十月之交，朔日辛卯，日有食之，亦孔之醜。彼月而微，此日而微，今此下民，亦孔之哀。

日月告凶，不用其行，四國無政，不用其良。彼月而食，則維其常。此日而食，于何不臧？

爗爗震電，不寧不令，百川沸騰，山冢崒崩。高岸爲谷，深谷爲陵，哀今之人，胡憯莫懲！

皇父卿士，番維司徒，家伯冢宰，仲允膳夫，聚子內史，蹶維趣馬，楀維師氏，豔妻煽方處。

抑此皇父，豈曰不時？胡爲我作，不卽我謀？徹我牆屋，田卒汙萊，曰予不戕，禮則然矣。

皇父孔聖，作都于向，擇三有事，亶侯多藏。不憖遺一老，俾守我王。擇有車馬，以居徂向。

黽勉從事，不敢告勞，無罪無辜，讒口囂囂。下民之孽，匪降自天。噂沓背憎，職競由人。

悠悠我里，亦孔之痗。四方有羨，我獨居憂。民莫不逸，我獨不敢休。天命不徹，我不敢傚我友自逸。

（42）烝民

天生烝民，有物有則。民之秉彝，好是懿德。天監有周，昭格于下，保茲天子，生仲山甫。

仲山甫之德，柔嘉維則，令儀令色，小心翼翼，古訓是式，威儀是力，天子是若，明命使賦。

王命仲山甫，式是百辟，纘戎祖考，王躬是保。出納王命，王之喉舌。賦政于外，四方爰發。

肅肅王命，仲山甫將之。邦國若否，仲山甫明之。既明且哲，以保其身。夙夜匪解，以事一人！

人亦有言，「柔則茹之，剛則吐之」。維仲山甫，柔亦不茹，剛亦不吐；不侮矜寡，不畏彊禦。

人亦有言，「德輶如毛」。民鮮克舉之，我儀圖之，維仲山甫舉之，愛莫助之。袞職有闕，維仲山甫補之。

仲山甫出祖，四牡業業，征夫捷捷，每懷靡及。四牡彭彭，八鸞鏘鏘，王命仲山甫，城彼東方。

仲山甫徂齊，式遄其歸！吉甫作誦，穆如清風，仲山甫永懷，以慰其心。

胡適中國文學史選例云：『此詩是頌贊的詩，但詩中富有哲學意味，最可以表現古人說理的能力。此詩的一，二，四，五，六章，後世引用最多，影響也最大。小雅六月詩中有「文武吉甫，萬邦爲憲」，「吉甫燕喜，來歸自鎬，飲御諸友」的話。吉甫似是八世紀的一位文武全才的大臣。舊說他作的詩有崧高，江漢，韓奕，及此詩。此詩與崧高之末皆明說「吉甫作誦」，當可無疑。』

本章參考書：

中國文學史大綱　容肇祖（開明）
中國文學史選例　胡適（北京大學出版組）
觀堂集林　王維國（王靜安先生遺書本，商務）
插圖本中國文學史　鄭振鐸（樸社）
古史辨第三冊（詩經部分）顧頡剛編（開明）

第四章　春秋戰國時期

周自平王東遷之四十九年（公元前七百二十二年）至敬王四十一年（公元前四百七十九年），爲春秋一書編年紀錄之時代，是爲春秋時期。自春秋末季，歷二百五十餘年以至秦始皇之統一（公元前二百二十一年），是爲戰國時期。在春秋戰國時期間，周王政之統一日漸破壞，諸侯爭伐，世道衰微。而各國則政治社會經濟武力文化諸方面之發展，反因其國力之膨脹及環境之變遷，而有長足之進步。古代與官師之制，本罕私人著述，至此時期之後半，因頻年戰亂，禮樂崩壞，文物播遷，遂分裂爲私家之學。世卿世官之制旣除，布衣談說，立致卿相，於是學術更見崇隆，著作之風，因簡册布帛等物質上之進步而大盛。古代文字之記載，本極簡單，如前引卜辭金文諸例是，而春秋時代之古史文魯春秋經文，其簡賅之情形亦復如是。此蓋因當時紀錄文字之工具尚屬窳陋，而著作史書昭示後人之觀念亦未臻成熟之故。當時史官雖有褒貶之書法，其事蓋亦由於古巫祝卜史之沿革如晉靈公時崔杼弒其君，董狐書趙盾趙穿弒君尚未必有修飾文辭，訂立體例之深意。魯春秋文後經孔子删改公羊傳嘗引不修春秋曰可證，然尚可略窺古史文一部分之眞相：隱公

元年，春，王正月。

三月，公及邾儀父盟于蔑。

夏，五月，鄭伯克段于鄢。

秋，七月，天王使宰咺來歸惠公仲子之賵。

九月，及宋人盟于宿。

冬，十有二月，祭伯來。公子益師卒。

此種體裁，苟無諸傳之解釋闡明，實難完全憭解其意義。然此確爲適合當時文書物質情形之記事，後世如古本竹書紀年 作於戰國時 等書，雖成於較後之時代，其時長篇文書多已寫成，亦仍多摹倣其簡單之記載，而衍成各國官書所習用之簡短體裁。至如宋王安石嘗謂春秋爲斷爛朝報，此則不免譏以後世進步之眼光，衡量過於苛責矣。

古書散佚，遂使近人多倡孔子以前無私人著書之論。然左傳國語諸書所引前志 左傳文六年，成十五年 志 左傳襄二十五年，國語晉語九，周志 左傳文二年，汲冢周書第三十七，軍志 左傳僖二十八年，宣十二年 史佚之志 左傳成四年，僖十五年，文十五年，襄十四年，國語周語下 ，論語左傳 隱六年 引周任之言，均在孔子以前者，並可窺見春秋時代古書體裁之梗概。論語以前更有老子書，其書爲韻文口訣體，雖近人對老子及老子書之時代懷疑者頗多 參看北京大學哲學系出版之哲學論叢，胡適之胡適論學近著，馮友蘭中國哲學史補，錢穆先秦諸子繫年考辨。，然其說多不易成立，故胡適呂思勉等擁舊說者仍較有充足可信之理由。如有韻體便記誦，用牝牡不用男女諸證，均可見其書流傳之悠久。茲引列諸條如左：

天下皆知美之爲美，斯惡已；皆知善之爲善，斯不善已。故有無相生，難易相成，長短相形，高下相傾，音聲相和，前後相隨。是以聖人處無爲之事，行不言之教；萬物作焉而不解，生而不有，爲而不恃，功成而弗居。夫惟弗居，是以不去。（二章）

三十輻，共一轂；當其無，有車之用；埏埴以爲器，當其無，有器之用；鑿戶牖以爲室，當其無，有室之用；故有之以爲利，無之以爲用。（十一章）

道常無爲，而無不爲。侯王若能守之，萬物將自化。化而欲作，吾將鎮之以無名之樸。無名之樸，夫亦將不欲。不欲以靜，天下將自定。（三十七章）

天下之至柔，馳騁天下之至堅。無有入無間。吾是以知無爲之有益。不言之教，無爲之益，天下希及之。（四十三章）

不出戶，知天下。不窺牖，見天道。其出彌遠，其知彌少。是以聖人不行而知，不見而名，無爲而成。（四十七章）

江海所以能爲百谷王者，以其善下之，故能爲百谷王。是以聖人欲上民，必以言下之；欲先民，必以身後之。是以聖人處上而民不重，處前而民不害，是以天下樂推而不厭。以其不爭，故天下莫能與之爭。（六十六章）

天下皆謂我道大，似不肖。夫唯大，故似不肖。若肖，久矣其細也夫！我有三寶，持而寶之：一曰慈，二曰儉，三曰不敢爲天下先。慈故能勇，儉故能廣，不敢爲天下先故能成器長。今舍慈且勇，舍儉且廣，舍後且先，死矣。夫慈，以戰則勝，以守則固。天將救之，以慈衞之。（六十七章）

民不畏死，奈何以死懼之？若使民常畏死，而爲奇者，吾得執而殺之，孰敢？常有司殺者殺。夫代司殺者殺，是謂代大匠斲。夫代大匠斲者，希有不傷手矣。（七十四章）

天下柔弱莫過於水，而攻堅强者莫之能勝，以其無以易之。弱之勝强，柔之勝剛，天下莫不知，莫能行。故聖人云：受國之垢，是謂社稷主。受國之不祥，是謂天下王。正言若反。（七十八章）

小國寡民，使有什伯人之器而不用；使民重死而不遠徙。雖有舟轝，無所乘之。雖有甲兵，無所陳之。使民復結繩而用之。甘其食，美其服，安其居，樂其俗，鄰國相望，雞犬之聲相聞，民至老死不相往來。（八十章）

老子書中之主張，可視爲道家哲學之代表。或以其與黃帝之傳說相依據而並稱爲黃老，或與莊子思想等量而合爲老莊，然實爲一思想史上問題核心之人物。第就其文字結構及文思之樸質簡鍊論之，其時文書工具尚未發達，似非晚出之作也。

老子而後，私家著作之最早者，當推孔門弟子所筆記之論語。論語之文字，除少數外，仍多含蓄較深之意義，而未能於文字上完全盡記。推測此種語長文簡之原因，大約論語成書之時代，文書之物質尚極難獲得，紀錄口語，僅記綱目以免遺漏，而精微深遠之涵義則仍憑口說，未必全在布帛。如『禮與其奢也寧儉，喪與其易也寧戚』諸章，苟非附帶本事，後儒展轉付度，常易與他種思想混合，發生誤會。此種情形，吾人卽觀察『去古未遠』之漢儒，彼等對於論語之記載亦往往有不審其爲何而發之感想，便可證明。然論語記事之處爲少，記言之處較多，已頗有較豐富之文字與情感可資表章者，亦不可持一隅而概論其全貌也。例如：

（1）注重助語辭應用之例

子禽問於子貢曰：『夫子至於是邦也，必聞其政，求之歟？抑與之歟？』子貢曰：『夫子溫良恭儉讓以得之。夫子之求之也，其諸異乎人之求之歟？』

子曰：『由，誨汝「知之」乎？知之爲知之，不知爲不知，是知也。』

子曰：『不曰「如之何！如之何！」者，吾末如之何也已矣。』

子曰：『愛之能勿勞乎？忠焉能勿誨乎？』

（2）文辭優美之例

子曰：『飯疏食，飲水，曲肱而枕之，樂亦在其中矣。不義而富且貴，於我如浮雲。』

子路曾晳冉有公西華侍坐。子曰：『以吾一日長乎爾，毋吾以也。居則曰，不吾知也。如或知爾，則何以哉？』子路率爾而對曰：『千乘之國，攝乎大國之間，加之以師旅，因之以饑饉，由也爲之，比及三年，可使有勇，且知方也。』夫子哂之。『求，爾何如？』對曰：『方六七十，如五六十，求也為之，比及三年，可使足民，如其禮樂，以俟君子。』『赤，爾何如？』對曰：『非曰能之，願學焉。宗廟之事，如會同，端章甫，願為小相焉。』『點，爾何如？』鼓瑟希，鏗爾，舍瑟而作，對曰：『異乎三子者之撰。』子曰：『何傷乎！亦各言其志也。』曰：『莫春者春服既成，冠者五六人，童子六七人，浴乎沂，風乎舞雩，詠而歸。』夫子喟然歎曰：『吾與點也。』三人者出，曾皙後。曾皙曰：『夫三子者之言何如？』子曰：『亦各言其志也已矣。』曰：『夫子何哂由也？』曰：『為國以禮，其言不讓，是故哂之。唯求則非邦也與？安見方六七十，如五六十，而非邦也者？唯赤則非邦也與？宗廟會同，非諸侯而何？赤也為之小，孰能為之大。』

楚狂接輿歌而過孔子曰：『鳳兮！鳳兮！何德之衰！往者不可諫，來者猶可追。已而已而，今之從政者殆而！』孔子下，欲與之言。趨而辟之，不得與之言。

長沮桀溺耦而耕。孔子過之，使子路問津焉。長沮曰：『夫執輿者為誰？』子路曰：『為孔丘。』曰：『是魯孔丘與？』曰：『是也。』曰：『是知津矣。』問於桀溺。桀溺曰：『子為誰？』曰：『為仲由。』曰：『是魯孔丘之徒與？』對曰：『然。』曰：『滔滔者天下皆是也，而誰以易之？且而與其從辟人之士也，豈若從辟世之士哉。』耰而不輟。子路行，以告，夫子憮然曰：『鳥獸不可與同羣，吾非斯人之徒與而誰與？天下有道，丘不與易也。』

子路從而後，遇丈人，以杖荷蓧。子路問曰：『子見夫子乎？』丈人曰：『四體不勤，五穀不分，孰爲夫子？』植其杖而芸。子路拱而立。止子路宿，殺雞爲黍而食之，見其二子焉。明日，子路行以告。子曰：『隱者也。』使子路反見之，至，則行矣。子路曰：『不仕無義，長幼之節，不可廢也，君臣之義，如之何其廢之？欲潔其身，而亂大倫。君子之仕也，行其義也，道之不行，已知之矣。』

迨至戰國以後，文書之工具遠較論語成書之時代爲發達，各種文字紀錄遂漸由簡約之文言，進而爲排鋪衍飾之長篇大論，或更成爲譬況之寓言。吾人推測論語成書之時代大約爲曾子弟子時，去孟子時雖不遠，然孟子書之編成爲時當更後，其時文書工具已甚形利便，故孟子書中所記載之長篇記言文字，極見流利豐暢。今人之諷誦古文者，多謂孟子之議論文字豐沛在論語上，尤多辯駁之辭，視爲習作古文之梯階。不知此爲戰國後文書工具視昔發達之結果，非必孟子書中之人物盡善說辯且必較論語書中諸人物爲優也！茲舉孟子之長篇論答文字兩則爲例，以明吾說：

（1）公都子曰：『外人皆稱夫子好辯，敢問何也？』孟子曰：『予豈好辯哉？予不得已也。天下之生久矣，一治一亂。當堯之時，水逆行，氾濫於中國，蛇龍居之，民無所定。下者爲巢，上者爲營窟。書曰，「洚水警予。」洚水者，洪水也。使禹治之，禹掘地而注之海，驅蛇龍而放之菹，水由地中行，江淮河漢是也。險阻既遠，鳥獸之害人者消，然後人得平土而居之。堯舜既沒，聖人之道衰，暴君代作，壞宮室以爲汙池，民無所安息，棄田以爲園囿，使民不得衣食。邪說暴行又作，園囿汙池沛澤多而禽獸至，及紂之身，天下又大亂。周公相武王，誅紂，伐奄，三年討其君，驅飛廉於海隅而戮之，滅國者五十，驅虎豹犀象而遠之，天下大悅。書曰：「丕顯哉文王謨，丕承哉武王烈，佑啓我後人，咸以正無缺。」世衰道微，邪說暴行有作。臣弒其君者有之，子弒其父者有之。孔子懼，作春秋。春秋，天子之事也。是故孔子曰：「知我者其惟春秋乎？罪我者其惟春秋乎？」聖王不作，諸侯放恣，處士橫議。楊朱墨翟之言盈天下。天下之言，不歸楊則歸墨。楊氏爲我，是無君也，墨氏兼愛，是無父也，無父無君，是禽獸也。公明儀曰：「庖有肥肉，廄有肥馬，民有飢色，野有餓莩，此率獸而食人也。」楊墨之道不息，孔子之道不著。是邪說誣民，充塞仁義也。仁義充塞，則率獸食人，人將相食。吾爲此懼，閑先聖之道，距楊墨，放淫辭。邪說者不得作，作於其心，害於其事，作於其事，害於其政，聖人復起，不易吾言矣。昔者禹抑洪水而天下平，周公兼夷狄驅猛獸而百姓寧，孔子成春秋而亂臣賊子懼。詩云：「戎狄是膺，荊舒是懲，則莫我敢承。」無父無君，是周公所膺也。我亦欲正人心，息邪說，距詖行，放淫辭，以承三聖。予豈好辯哉，予不得已也。能言距楊墨者，聖人之徒也。」

（2）告子曰：『性猶杞柳也，義猶桮棬也。以人性爲仁義，猶以杞柳爲桮棬。』孟子曰：『子能順杞柳之性而以爲桮棬乎？將戕賊杞柳而後以爲桮棬也？如將戕賊杞柳而以爲桮棬，則亦將戕賊人以爲仁義與？率天下之人而禍仁義者，必子之言夫！』 告子曰：『性猶湍水也，決諸東方則東流，決諸西方則西流。人性之無分於善不善也，猶水之無分於東西也。』孟子曰：『水信無分於東西，無分於上下乎？人性之善也，猶水之就下也。人無有不善，水無有不下。今夫水搏而躍，可使過顙，激而行之，可使在山。是豈水之性哉，其勢則然也。人之可使爲不善，其性亦猶是也。』 告子曰：『生之謂性。』孟子曰：『生之謂性也，猶白之謂白與？』曰：『然。』『白羽之白也，猶白雪之白，白雪之白，猶白玉之白歟？』曰：『然。』『然則犬之性猶牛之性，牛之性猶人之性歟？』 告子曰：『食色性也，仁內也，非外也，義外也，非內也。』孟子曰：『何以謂仁內義外也？』曰：『彼長而我長之，非有長於我也，猶彼白而我白之，從其白於外也，故謂之外也。』曰：『異於白馬之白也，無以異於白人之白也。不識長馬之長也，無以異於長人之長歟？且謂長者義乎？長之者義乎？』曰：『吾弟則愛之，秦人之弟則不愛也，是以我爲悅者也，故謂之內；長楚人之長，亦長吾之長，是以長爲悅者也，故謂之外也。』曰：『耆秦人之炙，無以異於耆吾炙。夫物則亦有然者也，然則耆炙亦有外歟？』

記言文爲戰國時文體之初步，舍前所引論語孟子兩書外，餘如莊子晏子管子墨子書中之若干部分，以及兼記事言之國語，均可謂同屬於此一系統之文字。茲更引莊子內篇爲例，吾人更可窺見其寓言體之形式：

（１）逍遙遊

北冥有魚，其名爲鯤；鯤之大不知其幾千里也。化而爲鳥，其名爲鵬；鵬之背不知其幾千里也。怒而飛，其翼若垂天之雲。

是鳥也，海運則將徙於南冥。——南冥者，天池也。齊諧者，志怪者也。諧之言曰：鵬之徙於南冥也，水擊三千里，摶扶搖而上者九萬里，去以六月息者也。野馬也，塵埃也，生物之以息相吹也。天之蒼蒼，其正色邪？其遠而無所至極邪？其視下也，亦若是則已矣。且夫水之積也不厚，則負大舟也無力。覆杯水於坳堂之上，則芥爲之舟，置杯焉則膠，水淺而舟大也。風之積也不厚，則其負大翼也無力，故九萬里則風斯在下矣，而後乃今培風。背負青天而莫之夭閼者，而後乃今將圖南。

蜩與學鳩笑之曰：『我決起而飛，槍榆枋，時則不至，而控於地而已矣。奚以之九萬里而南爲？』適莽蒼者三飡而反，腹猶果然；適百里者宿舂糧；適千里者三月聚糧。之二蟲又何知！

小知不及大知；小年不及大年。奚以知其然也？朝菌不知晦朔，蟪蛄不知春秋，此小年也。楚之南有冥靈者，以五百歲爲春，五百歲爲秋。上古有大椿者，以八千歲爲春，八千歲爲秋。而彭祖乃今以久特聞，衆人匹之，不亦悲乎！湯之問棘也是已。

窮髮之北，有冥海者，天池也。有魚焉，其廣數千里，未有知其脩者，其名爲鯤。有鳥焉，其名爲鵬，背若泰山，翼若垂天之雲，搏扶搖羊角而上者九萬里，絕雲氣，負靑天，然後圖南且適南冥也。斥鴳笑之曰：『彼且奚適也？我騰躍而上，不過數仞而下，翱翔蓬蒿之間，此亦飛之至也。而彼且奚適也？』此小大之辯也。

故夫知效一官，行比一鄉，德合一君而徵一國者，其自視也亦若此矣。而宋榮子猶然笑之。且擧世譽之而不加勸，擧世非之而不加沮，定乎內外之分，辯乎榮辱之竟，斯已矣。彼其於世，未數數然也；雖然，猶有未樹也。夫列子御風而行，泠然善也；旬有五日而後反。彼於致福者，未數數然也；此雖免乎行，猶有所待者也。若夫乘天地之正，而御六氣之辯，以遊無窮者，彼且惡乎待哉！

（2）養生主

吾生也有涯，而知也無涯。以有涯隨無涯，殆已！已而爲知者，殆而已矣！爲善無近名，爲惡無近刑，緣督以爲經，可以保身，可以全生，可以養親，可以盡年。

庖丁爲文惠君解牛，手之所解，肩之所倚，足之所履，膝之所踦，砉然，嚮然，奏刀騞然，莫不中音，合於桑林之舞，乃中經首之會。

文惠君曰：『譆，善哉，技蓋至此乎！』

庖丁釋刀對曰：『臣之所好者道也，進乎技矣！始臣之解牛之時，所見無非牛者；三年之後，未嘗見全牛也。方今之時，臣以神遇，而不以目視：官知止，而神欲行；依乎天理，批大郤，導大窾；因其固然，技經肯綮之未嘗，而況大軱乎？良庖歲更刀，割也；族庖月更刀，折也；今臣之刀十九年矣，所解數千牛矣，而刀刃若新發於硎。彼節者有間，而刀刃者無厚，以無厚入有間，恢恢乎其於遊刃必有餘地矣。是以十九年而刀刃若新發於硎。雖然，每至於族，吾見其難爲，怵然爲戒，視爲止，行爲遲，動刀甚微，謋然已解，如土委地。提刀而立，爲之四顧，爲之躊躇滿志，善刀而藏之。』

文惠君曰：『善哉！吾聞庖丁之言，得養生焉。』

寓言之體，往往藉假託取譬爲喻，有時頗不易取信。且思想發抒之方法亦不僅限於對話，常可據題論著，而成爲個人之單語。此種單語體之論著，大致成於戰國之中期。如荀子，商君書，韓非子，及管子之一部分，均可屬於此單語論著之系統。此種情形，不能見於論孟莊子諸書，足徵爲戰國諸子文體之一大進步。如：

（1）荀子性惡

人之性惡，其善者僞也。今人之性，生而有好利焉；順是，故爭奪生而辭讓亡焉。生而有疾惡焉；順是，故殘賊生而忠信亡焉。生而有耳目之欲，有好聲色焉；順是，故淫亂生而禮義文理亡焉。然則從人之性，順人之情，必出於爭奪，合於犯分亂理而歸於暴。故必將有師法之化，禮義之道，然後出於辭讓，合於文理，而歸於治。用此觀之，然則人之性惡明矣。其善者僞也。故枸木必將待檃栝烝矯然後直，鈍金必將待礱厲然後利。今人之性惡，必將待師法然後正，得禮義然後治。今人無師法則偏險而不正，無禮義則悖亂而不治。古者聖王以人之性惡，以爲偏險而不正，悖亂而不治，是以爲之起禮義，制法度，以矯飾人之情性而正之，以擾化人之情性而導之也，使皆出於治合於道者也。今之人化師法，積文學，道禮義者，爲君子；縱性情，安恣睢，而違禮義者，爲小人。用此觀之，然則人之性惡明矣。其善者僞也。孟子曰：『人之學者，其性善。』曰：是不然，是不及知人之性，而不察乎人之性僞之分者也。凡性者，天之就也，不可學，不可事。禮義者，聖人之所生也，人之所學而能，所事而成者也。不可學，不可事，而在人者謂之性。可學而能，可事而成之在人者，謂之僞。是性僞之分也。

2）荀子天論

天行有常，不爲堯存，不爲桀亡。應之以治則吉，應之以亂則凶。彊本而節用，則天不能貧。養備而動時，則天不能病。修道而不貳，則天不能禍。故水旱不能使之飢，寒暑不能使之疾，祅怪不能使之凶。本荒而用侈，則天不能使之富。養略而動罕，則天不能使之全。倍道而妄行，則天不能使之吉。故水旱未至而飢，寒暑未薄而疾，祅怪未生而凶。受時與治世同，而殃禍與治世異，不可以怨天，其道然也。故明於天人之分，則可謂至人矣。不爲而成，不求而得，夫是之謂天職。如是者，雖深，其人不加慮焉。雖大，不加能焉。雖精，不加察焉。夫是之謂不與天爭職。天有其時，地有其財，人有其治，夫是之謂能參。舍其所以參，而願其所參，則惑矣。列星隨旋，日月遞炤，四時代御，陰陽大化，風雨博施，萬物各得其和以生，各得其養以成，不見其事而見其功，夫是之謂神。皆知其所以成，莫知其無形，夫是之謂天。唯聖人爲不求知天。

（3）韓非五蠹

上古之世，人民少而禽獸衆，人民不勝禽獸蟲蛇。有聖人作，構木爲巢，以避羣害，而民悅之，使王天下，號曰有巢氏。民食果蓏蜯蛤，腥臊惡臭而傷害腹胃，民多疾病。有聖人作，鑽燧取火，以化腥臊，而民說之，使王天下，號之曰燧人氏。中古之世，天下大水，而鯀禹決瀆。近古之世，桀紂暴亂，而湯武征伐。今有搆木鑽燧於夏后氏之世者，必爲鯀禹笑矣。有決瀆於殷周之世者，必爲湯武笑矣。然則今有美堯舜禹湯武之道於當今之世者，必爲新聖笑矣。是以聖人不期修古，不法常可，論世之事，因爲之備。宋人有耕田者，田中有株，兔走觸株，折頸而死；因釋其耒而守株，冀復得兔。兔不可復得而身爲宋國笑。今欲以先王之政治當世之民，皆守株之類也。古者丈夫不耕，草木之實足食也。婦人不織，禽獸之皮足衣也。不事力而養足，人民少而財有餘，故民不爭。是以厚賞不行，重罰不用，而民自治。今人有五子不爲多，子又有五子，大父未死而有二十五孫。是以人民衆而貨財寡，事力勞而供養薄，故民爭。雖倍賞累罰而不免於亂。堯之王天下也，茅茨不翦，采椽不斲，糲粢之食，藜藿之羹，冬日麑裘，夏日葛衣，雖監門之服養，不虧於此矣。禹之王天下也，身執耒臿以爲民先，股無胈，脛不生毛，雖臣虜之勞，不苦於此矣。以是言之，夫古之讓天子者，是去監門之養，而離臣虜之勞也。古傳天下而不足多也。今之縣令，一日身死，子孫累世絜駕，故人重之。是以人之於讓也，輕辭古之天子，難去今之縣令者，薄厚之實異也。夫山居而谷汲者，膢臘而相遺以水；澤居苦水者，買庸而決竇。故饑歲之春，幼弟不饟；穰歲之秋，疏客必食。非疏骨肉愛過客也，多少之實異也。是以古之易財非仁也，財多也。今之爭奪，非鄙也，財寡也。輕辭天子，非高也，勢薄也。重爭土橐，非下也，權重也。故聖人議多少，論薄厚，爲之政，故罰薄不爲慈，誅嚴不爲戾，稱俗而行也。故事因於世，而備適於事。

（4）顯學

世之顯學，儒墨也。儒之所至，孔丘也。墨之所至，墨翟也。自孔子之死也，有子張之儒，有子思之儒，有顏氏之儒，有孟氏之儒，有漆雕氏之儒，有仲良氏之儒，有孫氏之儒，有樂正氏之儒。自墨子之死也，有相里氏之墨，有相夫氏之墨，有鄧陵氏之墨。故孔墨之後，儒分爲八，墨離爲三。取舍相反不同，而皆自謂眞孔墨。孔墨不可復生，將誰使定世之學乎？孔子墨子俱道堯舜，而取舍不同，皆自謂眞堯舜。堯舜不復生，將誰使定儒學之誠乎？殷周七百餘歲，虞夏二千餘歲，而不能定儒墨之眞，今乃欲審堯舜之道於三千歲之前，意者其不可必乎？無參驗而必之者愚也。弗能必而據之者，誣也。故明據先王，必定堯舜者，非愚則誣。愚誣之學，雜反之行，明主弗受也。

墨者之葬也，冬日冬服，夏日夏服，桐棺三寸，服喪三月，世主以爲儉而禮之。儒者破家而葬，服喪三年，大毀扶杖，世主以爲孝而禮之。夫是墨子之儉，將非孔子之侈也。是孔子之孝，將非墨子之戾也。今孝戾侈儉俱在儒墨，而上兼禮之。漆雕之議，不色撓，不目逃，行曲則違於臧獲，行直則怒於諸侯，世主以爲廉而禮之。宋榮子之議，設不鬭爭，取不隨仇，不羞囹圄，見侮不辱，世主以爲寬而禮之。夫是漆雕之廉，將非宋榮之恕也。是宋榮之寬，將非漆雕之暴也。今寬廉恕暴俱在二子，人主兼而禮之。自愚誣之學雜反之辭爭，而人主俱聽之，故海內之士言無定術，行無常議。夫冰炭不同器而久，寒暑不兼時而至，雜反之學不兩立而治。今兼聽雜學繆行同異之辭，安得無亂乎？聽行如此，其於治人，又必然矣。

今世之學士語治者，多曰：『與貧窮地，以實無資。』今夫與人相善也，無豐年旁入之利，而獨以完給者，非力則儉也。與人相善也，無饑饉疾疢禍罪之殃，獨以貧窮者，非侈則墮也。侈而墮者貧，力而儉者富。今上徵斂於富人，以布施於貧家，是奪力儉而與侈墮也。而欲索民之疾作而節用，不可得也。今有人於此，義不入危城，不處軍旅，不以天下大利易其脛一毛，世主必從而禮之，貴其智而高其行，以爲輕物重生之士也。夫上所以陳良田大宅設爵祿，所以易民死命也，今上尊貴輕物重生之士，而索民之出死而重殉上，事不可得也。藏書策，習談論，聚徒役，服文學而議說，世主必從而禮之曰敬賢士，先王之道也。夫吏之所稅，耕者也；而上之所養，學士也。耕者則重稅，學士則多賞，而索民之疾作而少言談，不可得也。立節參民，執操不侵，怨言過於耳必隨之以劍，世主必從而禮之，以爲自好之士。夫斬首之勞不賞，而家鬬之勇尊顯，而索民之疾戰距敵而無私鬬，不可得也。國平則養儒俠，難至則用介士，所養者非所用，所用者非所養，此所以亂也。且夫人主之於聽學也，若是其言，宜布之官而用其身；若非其言，宜去其身而息其端。今以爲是也，而弗布於官。以爲非也，而不息其端。是而不用，非而不息，亂亡之道也。

韓非荀子商君書及管子之一部分，頗多舍記言之體而專抒己見據題立論者。史記呂不韋列傳云：『諸侯多辯士，如荀卿之徒，著書布天下。』此種著書，內容已多由對話而進爲單語，其時代大約在戰國中期之後。此戰國諸子文體演變之第二階段也。而墨子之演說體裁，樸茂說理，尤見流暢。如非攻上篇云：

今有一人，入人園圃，竊其桃李，衆聞則非之，上爲政者得則罰之。此何也？以虧人自利也。至攘人犬豕雞豚者，其不義又甚入人園圃竊桃李。是何故也？以虧人愈多，其不仁茲甚，罪益厚，至入人欄廄，取人馬牛者，其不仁義又甚攘人犬豕雞豚。此何故也？以其虧人愈多，苟虧人愈多，其不仁茲甚，罪益厚。至殺不辜人也，拖其衣裘，取戈劍者，其不義又甚入人欄廄取人馬牛。此何故也？以其虧人愈多，苟虧人愈多，其不仁茲甚矣，罪益厚。

當此天下之君子皆知而非之，謂之『不義。』今至大爲『不義』攻國，則弗知非，從而譽之謂之『義。』此可謂知義與不義之別乎？

殺一人，謂之不義，必有一死罪矣；若以此說往，殺十人，十重不義，必有十死罪矣；殺百人，百重不義，必有百死罪矣。當此天下之君子皆知而非之，謂之『不義。』今至大爲不義攻國，則弗知非，從而譽之，謂之『義。』情不知其不義也，故書其言以遺後世。若知其不義也，夫奚說書其不義以遺後世哉？

今有人於此，少見黑曰黑，多見黑曰白，則以此人不知白黑之辯矣。少嘗苦曰苦，多嘗苦曰甘，則必以此人爲不知甘苦之辯矣。今小爲非則知而非之，大爲非攻國，則不知非，從而譽之，謂之義。此可謂知義與不義之辯乎？是以知天下之君子辯義與不義之亂也。

論著之體，雖已非單純記言，然僅此種獨立之論著，仍未能進步至成書之觀念。至戰國晚年，五德終始之論盛行，而著論者始亦稍趨於系統化。如莊子天下篇云愼到著十二論，以齊物爲首；如呂不韋之八覽六論十二紀；均可認爲由著述論說之相爲終始，即漸著成一系統之書籍者。此種發展，可稱爲戰國諸子文體演變之第三階段，亦可視爲較前進步愈臻顯著者也。呂不韋以秦仲父之尊，聘集儒者著所聞見，訓解凡十餘萬言。漢書藝文志列呂氏春秋二十六篇於雜家，其敍論云：『兼儒墨，合名法，知國體之有此，見王治之無不貫。』細覈全書內容，創作之處甚鮮，而文字則多謹飭修整，復因其雜集諸子學說並存而混合之，常可藉以考鏡諸家之淵源。且依著書體裁之演進論之，前於呂覽者，僅成單篇，未見著爲系統之書籍，則呂覽之貢獻可謂甚大。自此而後，如西漢淮南大史公書等，系統成書之觀念更見濃厚矣。詳見傅斯年著戰國文籍中之篇式書體，國立中央研究院歷史語言研究所集刊第一本第二分。

記言文之演進，吾人於上述中已可略得梗概。記事文之演進復何如耶？綜觀記事文之發展，自甲骨片斷之單辭記事，進而爲尙書或周金文中之長篇記事，已有長足之進步。而由各個之單辭記事，演變爲編年式之簡單記事，如春秋之編著，其進化較前爲尤甚。然當時終因文書物質工具之艱難，故彙集豐富之記事文字而成專書之國語，左傳等，其著書之年代乃在孔子獲麟後約五十年左右。其時文書工具更見複雜，故國語左傳等書文字之暢達，比譬之贍美，頗可與記言文之孟子莊子諸書，等量而齊觀。近人褚傳誥著文學蜜史，其論左傳略云：

〔西山眞氏文章正宗錄左邱明文爲冠。分辭命，議論，叙事三條，而叙事最有體要。如伐楚盟召陵僖四年，齊桓公之霸也。戰於韓僖十五年，秦晉兵爭之始也。戰於泓僖二十二年，宋襄求霸之終事也。戰於城濮僖二十八年，晉文公之霸也。濟河焚舟文三年，秦穆公之霸也。戰於邲宣十二年，楚莊王之霸也。鄢陵之戰成十六年，言楚之不競也。三代王降而霸，春秋首尾，大約皆五霸之事，左氏纖悉具備，而叙次城濮，邲，鄢陵之戰，爲史家權輿。自漢以來，學者但知尊公穀兩家以空文說經，而左氏之學中晦。遂使五經雜史百家諸子，其言河漢無所遵憑。故其記事也，當晉景行霸，公室方强，而云屠岸賈攻趙，有程嬰杵臼之事。史記趙世家：晉景公之三年，大夫屠岸賈不請而擅攻趙氏於下宮，殺趙朔，滅其族。朔妻成公姊走公宮，生男，賈聞之索於公宮，不得。程嬰，公孫杵臼謀匿趙孤。魯侯禦宋，得儁乘邱，而云莊公敗績，有馬驚流矢之禍。檀弓：魯莊公及宋人戰於乘邱縣，賁父御，馬驚敗績，遂死之。國人浴馬有流矢在白肉。楚晉相遇，唯在邲役，而云二國交戰，置師於兩棠。賈子新書先醒篇：昔楚莊王卽位，自靜三年以講得失，宋鄭無道，莊王圍宋伐鄭，鄭伯肉袒牽羊奉簪而獻國。莊王曰：非利之也，弗受。乃南與晉人戰於兩棠，大克晉人。子罕相國，宋睦於晉，而云晉將伐宋，覘哭於陽門。檀弓：陽門之介夫死，司城子罕入而哭之哀。晉人之覘宋者，反報於平侯曰：民悅，殆不可伐也。是時，子罕司城而向戍方弭兵，在襄公二十七年。魯師滅項，齊止僖公，而云項實桓滅，春秋爲賢者諱。公羊傳：孰滅之？齊滅之。曷爲不言齊滅之？爲桓公諱也。春秋爲賢者諱，此滅人之國，何賢爾？君子之惡惡也疾始，善善也欒終。桓公嘗有繼絕存亡之功，故君子爲之諱也。然僖十一年會於淮，十七年滅項，淮之會公有諸侯之事未歸，而取項齊人以爲討而止公，則非齊滅可知。襄公再盟，君臣和協，而云諸侯失政，大夫執權。穀梁傳：諸侯盟，又大夫相與私盟，是大夫張也。故雞澤之會，諸侯始失政，大夫執國權，然是時晉悼方繼霸爲盟主，在襄三年。其記時也，則秦穆居春秋之始，而云其女爲荊平夫人。列女傳：伯嬴者，秦穆公之女，楚平王之夫人，昭王之母也。昭王時，吳入郢，王亡，吳盡妻其后宮。伯嬴持刀曰：諸侯外淫者絕，卿大夫放，士庶人宮割。妾以死守，欲爲樂而妾死，何益？吳王慙，遂退舍。韓魏處戰國之時，而云其君陪楚莊葬馬。滑稽傳：優孟者，故楚之樂人也。楚莊王有所愛馬死，欲以大夫禮葬之。優孟曰：薄請以人君禮葬之，齊趙陪位於前，韓楚翼衞於其後。列子書論尼父，而云在鄭穆公之年。劉向諸子略所校列子定著八篇，皆殺青書，列子者鄭人也，與鄭繆公同時，蓋有道者也。按左傳穆公有疾刈蘭而卒，在宣三年，文五十五年始有孔子。扁鵲療虢公而云嘗趙簡子之日扁鵲傳：趙簡子疾五日，不知人，召扁鵲，扁鵲入視病，出曰，血脈治也。居二日半，簡子寤，其後過虢，虢太子死，扁鵲曰：臣能生之。虢君聞之出曰：幸而舉之。扁鵲厲針砥石以取外三陽五會，太子蘇。按左傳僖五年，晉滅虢，簡子則定哀間人也。欒書仕於周子，而云以晉文如獵犯顏直言，新序雜事：晉文公逐麋而失之，向之農夫老古，老古曰：一不意人君如此也。君放不歸；人將君之。文公恐，歸，遇欒武子，武子曰：獵得獸乎？曰：得善言。曰：收人之善而棄其身，盜也。文公還，載老古與俱歸。按武子欒書在晉景公時，文公，景公之祖也。荀息死於奚齊，而云觀晉靈公作臺，累棊申戒文選西征賦注，說苑云，晉靈公造九層之臺，孫息上書求見曰：臣能累十二博棊，加九雞子其上。公曰：危哉！息曰：復有危於此者。公卽壞九層之臺。按孫息卽荀息，晉獻公時人，靈公獻公曾孫。
或以先爲後，或以後爲先，日月顛倒，上下翻覆，古來君子曾無所疑。及左傳旣行，而其失自顯。語其宏益，不已多乎？已上記事記言兩段俱引見史通申左。蓋左氏以同聖之才，而膺授經之託，加以達者七十，弟子三千，遠自四方，同在一國，於是上詢夫子，下訪其徒，凡所採摭，實廣聞見。乃昧者猶信口說而背傳記，是末師而非往古。至晉太康中，汲冢獲書，全同左氏，由是世稱實錄，不敢復非其書。故束皙云若使此書出於漢世，劉歆不作五原太守矣。於時摯虞束皙引其義以相明，王接荀勗取其文以相證，杜預申以注釋，干寶藉爲師範，大官之富，不比賣餅家兒，經緜之評當矣。自韓子謂左氏浮夸，宋儒因之，譏其不本於義理，而三病之說以起。於是有謂左傳出三晉辭人手者，有謂君子曰是劉歆之辭，有謂敘事錯雜，多難辨者。楊升庵謂左氏書趙朔，趙同，趙括事，茫然如墮矇瞶，旣書字，又書名，又書官，似謎語誑兒童者。讀春秋之經則如天開日明，古今文章，春秋無以加矣。公穀之明白其亞也。左氏浮夸繁冗，乃聖門之荊棘，而人以爲珍寶，實文弊之始也。是則又以其小疵，汩沒其全體，所謂忘我大德，日月用焉而不知者耳。夫左氏書周晉齊宋楚鄭等國之事，最詳於晉，每出一師具列將佐，宋則每因興廢備舉六卿，故知史策之文，每國各異。左氏得此數國之史以授門人，義則口傳未形竹帛，後世學者乃總而合之，以爲傳記。又廣採當時之文籍故訓，與子產晏子及諸國卿佐家傳，並卜筮雜占小說諷諫等雜在其中，故是非交錯，混然難證。然石言神降之類，乃常變無定，亦陰陽之義。且事有傳疑，春秋所許，以是謂爲浮淫，並疑夫子之所稱，過矣。劉知幾申左曰：左氏述臧哀伯諫桓納鼎，周內史美其語言，王子朝告於諸侯，閔馬父加之辨說，凡如此類，其數實多。斯蓋當時發言，形於翰墨，立名不朽，播於他邦，而邱明仍其本語，就加編次，亦猶近代史記載樂毅李斯之文，漢書錄晁錯賈生之筆，尋其實也。豈是子長筆削，孟堅雌黃所構者哉？又曰：左氏載諸大夫詞令，行人應答，其文典而美，其語博而奧。如僖伯諫君觀魚，富辰諫王納帶，王孫勞楚而論九鼎，季札觀樂而談國風，其所援引，皆據禮經之類。述遠古則委曲如存如郯子聘魯言少昊以鳥名官，季孫行父稱舜舉八元八愷，魏絳答虞人之箴，子革諷靈王誦祈招之句，其事明白，非是厚誣之類。，徵近代則循環可覆如呂相絕秦述兩國世隙，聲子班荆稱楚材晉用，晉士渥濁諫殺荀林父，說文公敗楚於城濮，有憂色，子服景伯謂吳云：楚圍宋，易子而食，析骸而爨，猶無城下之盟，祝佗稱踐土盟晉重耳魯申蔡甲午之類。斯蓋當時國史，已有成文，邱明但編而次，配經稱傳而行也。如二傳者，記言記事，失彼精華，尋源討本，取諸胸臆。夫自我作古，無所準繩，故理甚迂僻，言多鄙野，比諸左氏，不可同日而語矣。且即以名字錯出而論，蓋亦當時文法如此，不獨一趙同趙括也。越椒之亂，一鬬般也又曰子揚，一蔿賈也又曰伯嬴；邲之戰，一荀林父也，又曰桓子；一士會也，又曰隨武子，又曰隨季，又曰士季，他篇又稱范武子；一先穀也，又曰彘子，他篇又稱原穀；

一荀首也，又曰知莊子，又曰知季。諸如此類，不一而足。顧後來文家，亦往往蹈襲，未聞有非之者。焦氏易林申公顛倒，巫臣亂國；劉琨答盧諶詩宣尼悲獲麟，西狩涕孔邱；謝惠連秋懷詩雖好相如達，不同長卿慢；沈約宋書恩倖傳論胡廣累世農夫，伯始致位公相，黃憲牛醫之子，叔度名動京師，皆一人而兼舉其名字也。古詩誰能刻鏤此，公輸與魯班，下一與字，竟以公輸魯班爲二人，則不通矣。而況左氏義深君父，穎叔石碏之類，皆有殊稱，以寓褒貶，能據實事，以求聖經，則春秋之能事畢矣。蓋文武之教，入人甚深，自詩書所載而外，惟左氏爲備。當是時，强凌衆暴，天下靡然，騖於戰爭。然而列國諸侯朝會聘問，則有玉帛以將之，好會燕飲，則有歌詩以侑之，强大之侵伐於小國，則稱王制以折之，其不幸而至於兩軍相遇，則猶有辭命以先之，執榼承飲以勞之，使人至今得想見先王之遺風者，左氏之書也。至其親受於夫子，釋經之例尤詳。杜氏謂將令學者原始要終，尋其枝葉，究其所歸，又不徒在區區文字間也。……顧棟高自言年二十七八，執筆學爲古文，始深識左氏文章用意變化處，而嗤近日所評提掇照應者，爲未脫兔園習氣。彼蓋深於左癖，其所得皆關經義之大，能自成一家言。如竟以相斫書目之，則眞膏肓之謬說矣。

其議論雖未免迂闊，然論左氏文章，要亦有可取處。近人仍多謂左傳書晚出，劉歆或杜預嘗割裂之以配春秋經文。此說今文家主之最堅，如劉逢祿康有爲等均曾詳加論列。瑞典漢學家高本漢（Bernhard Karlgren）著左傳眞僞考，頗以爲左傳爲晉國人作。其論就魯語系統之文字與左傳之文字對勘，發現其中殊異之點甚多，而左傳每與晉語系統文字逼肖。是左傳之非必魯左丘所作可知矣。而清儒俞正燮又嘗就山東地理而考得左氏裔姓，言之鑿鑿，然則左傳之時代作者與夫其書之性質內容，有待於吾人補釋董理者，更不勝其繁博冗瑣矣。俞作見癸巳類稿

茲舉左傳文字數則爲例，以見古代記事文進步之概況。

（甲）春秋時代之誓命

（1）甯俞：與衞人盟于宛濮（僖二十八年）

天禍衞國，君臣不協，以及此憂也。今天誘其衷，使皆降心以相從也。不有居者，誰守社稷？不有行者，誰扞牧圉？不協之故，用昭乞盟于爾大神，以誘天衷。自今日以往，旣盟之後，行者無保其力，居者無懼其罪。有渝此盟以相及也，明神先君，是糾是殛！

（2）士燮：與楚盟于宋西門外（成十二年）

凡晉楚無相加戎，好惡同之。同恤菑危，備救凶患。若有害楚，則晉伐之。在晉，楚亦如之。交贄往來，道路無壅。謀其不協，而討不庭。有渝此盟，明神殛之，俾隊其師，無克胙國！

（3）士匄：同盟于亳載書（襄十一年）

凡我同盟，毋蘊年，毋壅利，毋保姦，毋留慝；救災患，恤禍亂，同好惡，奬王室。或

間茲命，司愼司盟，名山名川，羣神羣祀，先王先公，七姓十二國之祖，明神殛之，俾失其民，隊命亡氏，踣其國家！

（4）戲之盟載書（襄九年）

（a）晉士弱載書

自今日既盟之後，鄭國而不唯晉命是聽，而或有異志者，有如此盟！

（b）鄭公子騑載書

自今日既盟之後，鄭國而不唯有禮與彊可以庇民者是從，而敢有異志者，亦如之！

（5）蒯聵：戰禱（哀二年）

曾孫蒯聵，敢昭告皇祖文王，烈祖康叔，文祖襄公；鄭勝亂從，晉午在難，不能治亂，使鞅討之。蒯聵不敢自佚，備持矛焉。敢告：無絕筋，無折骨，無面傷，以集大事。無作三祖羞。大命不敢請，佩玉不敢愛。

（乙）春秋時代之書辭

（1）鄭公子歸生與趙盾書（文十七年）

寡君卽位三年，召蔡侯而與之事君。九月，蔡侯入于敝邑以行。敝邑以侯宣多之難，寡君是以不得與蔡侯偕。十一月，克滅侯宣多，而隨蔡侯以朝于執事。十二年六月，歸生佐寡君之嫡夷，以請陳侯于楚，而朝諸君。十四年七月，寡君又朝，以蕆陳事。十五年五月，陳侯自敝邑往朝于君。往年正月，燭之武往朝，夷也。八月，寡君又往朝。以陳蔡之密邇于楚，而不敢貳焉，則敝邑之故也。雖敝邑之事君，何以不免。在位之中，一朝于襄，而再見於君，夷與孤之二三臣相及于絳。雖我小國，則蔑以過之矣。今大國曰，爾未逞吾志！敝邑有亡，無以加焉。古人有言曰，畏首畏尾，身其餘幾？又曰，鹿死不擇音。小國之事大國也，德則其人也，不德則其鹿也。鋌而走險，急何能擇？命之網極，亦知亡矣。將悉索敝賦以待于儵。唯執事命之。文公二年六月壬申朝于齊，四年二月壬戌爲齊侵蔡，亦獲成于楚。居大國之間，而從于彊令，豈其罪也？大國若弗圖，無所逃命。

（2）鄭公孫僑：復叔向書（昭六年）

若吾子之言。僑不才，不能及子孫。吾以救世也。既不承命，敢忘大惠？

（3）周景王：爲閻田事辭于晉（昭九年）

我自夏以后稷。魏，駘，芮，岐，畢，吾西土也。及武王克商，蒲姑，商奄，吾東土也。巴，濮，楚，鄧，吾南土也。肅愼，燕，亳，吾北土也。吾何邇封之有？文武成康之建母弟以蕃屏周，亦其廢隊是爲。豈如弁髦而因以敝之？先王居檮杌于四裔以禦螭魅。故允姓之姦，居于瓜州。伯父惠公歸自秦，而誘以來，使偪我諸姬，入我郊甸，則戎焉取之。戎有中國，誰之咎也？后稷封殖天下，今戎制之，不亦難乎？伯父圖之。我在伯父，猶衣服之有冠冕，木水之有本原，民人之有謀主也。伯父若裂冠毀冕，拔本塞原，專棄謀主，雖戎狄其何有余一人？

（4）王子朝：在楚告諸侯書（昭二十六年）

昔武王克殷，成王靖四方，康王息民，竝建母弟，以蕃屏周，亦曰吾無專享文武之功，且爲後人之迷敗傾覆而溺入于難，則振救之。至于夷王，王愆于厥身，諸侯莫不竝走其望，以祈王身。至于厲王，王心戾虐，萬民弗忍，居王于彘。諸侯釋位以間王政。宣王有志而後效官。至于幽王，天不弔周，王昏不若，用愆厥位。攜王奸命，諸侯替之，而建王嗣，用遷郟鄏。則是兄弟之能用力于王室也。至于惠王，天不靖周，生頹禍心，施于叔帶。惠襄辟難，越去王都，則有晉鄭咸黜不端以綏定王家。則是兄弟之能率先王之命也。在定王六年，秦人降妖曰：『周其有頿王，亦克能修其職。諸侯服享，二世共職。王室其有間王位，諸侯不圖而受其亂災。』至于靈王，生而有頿。王甚神聖，無惡于諸侯。靈王景王克終其世。今王室亂，單旗劉狄剝亂天下，壹行不若，謂：先王何常之有？唯余心所命，其誰敢討之？帥羣不弔之人，以行亂于王室，侵欲無厭，規求無度，貫瀆鬼神，慢棄刑法，倍奸齊盟，傲狠威儀，矯誣先王。晉爲不道，是攝是贊，思肆其罔極。茲不穀震盪播越，竄在荆蠻，未有攸底。若我一二兄弟甥舅獎順天法，無助狡猾，以從先王之命，毋速天罰，赦圖不穀，則所願也。敢盡布其腹心，及先王之經，而諸侯實深圖之。昔先王之命曰：王后無適，則擇立長。年鈞以德，德鈞以卜。王不立愛，公卿無私。古之制也。穆后及太子壽早夭卽世，單劉贊私立少，以閒先王。亦唯伯仲叔季圖之。

（丙）左傳記事文（左氏春秋？）

（1）晉文公出亡（僖二十三年）

晉公子重耳之及於難也，晉人伐諸蒲城。蒲城人欲戰，重耳不可，曰：『保君父之命，而享其生祿，於是乎得人；有人而校，罪莫大焉，吾其奔也。』遂奔狄。從者狐偃趙衰顛頡魏武子司空季子。狄人伐廧咎如，獲其二女叔隗季隗納諸公子。公子取季隗，生伯儵叔劉；以叔隗妻趙衰，生盾。將適齊，謂季隗曰：『待我二十五年不來而後嫁。』對曰：『我二十五年矣，又如是而嫁，則就木焉。請待子。』處狄十二年而行。過衛，衛文公不禮焉。出於五鹿，乞食於野人。野人與之塊。公子怒，欲鞭之，子犯曰：『天賜也。』稽首受而載之。及齊，齊桓公妻之，有馬二十乘，公子安之。從者以爲不可，將行，謀於桑下。蠶妾在其上，以告姜氏。姜氏殺之，而謂公子曰：『子有四方之志，其聞之者，吾殺之矣。』公子曰：『無之。』姜曰：『行也！懷與安，實敗名。』公子不可。姜與子犯謀，醉而遣之。醒，以戈逐子犯。及曹，曹共公聞其駢脅，欲觀其裸，浴，薄而觀之。僖負覊之妻曰：『吾觀晉公子之從者，皆足以相國。若以相，夫子必反其國；反其國，必得志於諸侯；得志於諸侯而誅無禮，曹其首也。子盍蚤自貳焉。』乃餽盤飧，寘璧焉。公子受飧反璧。及宋，宋襄公贈之以馬二十乘。及鄭，鄭文公亦不禮焉。叔詹諫曰：『臣聞天之所啓，人弗及也。晉公子有三焉，天其或者將建諸？君其禮焉。男女同姓，其生不蕃，晉公子，姬出也，而至于今，一也。離外之患，而天不靖晉國，殆將啓之，二也。有三士足以上人，而從之，三也。晉鄭同儕，其過子弟，固將禮焉，況天之所啓乎！』弗聽。及楚，楚子饗之，曰：『公子若反晉國，則何以報不穀？』對曰：『子女玉帛，則君有之；羽毛齒革，則君地生焉；其波及晉國者，君之餘也。其何以報君？』曰：『雖然，何以報我？』對曰：『若以君之靈，得反晉國，晉楚治兵，遇於中原，其辟君三舍。若不獲命，其左執鞭弭，右屬櫜鞬，以與君周旋。』子玉請殺之，楚子曰：『晉公子廣而儉，文而有禮；其從者肅而寬，忠而能力；晉侯無親，外內惡之；吾聞姬姓唐叔之後，其後衰者也：其將由晉公子乎？天將興之，誰能廢之？違天必有大咎。』乃送諸秦。秦伯納女五人，懷嬴與焉，奉匜沃盥，既而揮之，怒曰：『秦晉匹也，何以卑我！』公子懼，降服而囚。他日，公享之，子犯曰：『吾不如衰之文也，請使衰從。』公子賦河水，公賦六月。趙衰曰：『重耳拜賜！』公子降拜稽首，公降一級而辭焉。衰曰：『君稱所以佐天子者命重耳，重耳敢不拜！』

（2）殽之役（僖三十二——三十三年）

杞子自鄭使告于秦，曰：『鄭人使我掌其北門之管，若潛師以來，國可得也。』穆公訪諸蹇叔，蹇叔曰：『勞師以襲遠，非所聞也。師勞力竭，遠主備之，無乃不可乎？師知所爲，鄭必知之；勤而無所，必有悖心。且行千里，其誰不知？』公辭焉。召孟明西乞白乙使出師於東門之外。蹇叔哭之曰：『孟子！吾見師之出，而不見其入也。』公使謂之曰：『爾何知！中壽，爾墓之木拱矣。』蹇叔之子與師，哭而送之，曰：『晉人禦師必於殽。殽有二陵焉：其南陵，夏后皋之墓也；其北陵，文王之所辟風雨也。必死是間，余收爾骨焉！』秦師遂東。

晉秦師過周北門，左右免胄而下，超乘者三百乘。王孫滿尚幼，觀之，言於王曰：『秦師輕而無禮，必敗；輕則寡謀，無禮則脫；入險而脫，又不能謀，能無敗乎？』及滑，鄭商人弦高將市於周，遇之，以乘韋先，牛十二，犒師，曰：『寡君聞吾子將步師出於敝邑，敢犒從者。不腆敝邑，爲從者之淹，居則具一日之積，行則備一夕之衞。』且使遽告于鄭。鄭穆公使視客館，則束載，厲兵，秣馬矣。使皇武子辭焉，曰：『吾子淹久於敝邑，唯是脯資餼牽竭矣。爲吾子之將行也，鄭之有原圃，猶秦之有具囿也，吾子取其麋鹿，以閒敝邑，若何？』杞子奔齊，逢孫揚孫奔宋。孟明曰：『鄭有備矣，不可冀也。攻之不克，圍之不繼，吾其還也。』滅滑而還。

晉原軫曰：『秦違蹇叔，而以貪勤民，天奉我也。奉不可失，敵不可縱，縱敵患生，違天不祥，必伐秦師。』欒枝曰：『未報秦施，而伐其師，其爲死君乎？』先軫曰：『秦不哀吾喪，而伐吾同姓，秦則無禮，何施之爲？吾聞之：一日縱敵，數世之患也。謀及子孫，可謂死君乎？』遂發命，遽興姜戎。子墨衰絰，梁弘御戎，萊駒爲右。夏，四月，辛巳，敗秦師于殽，獲百里孟明視西乞術白乙丙以歸。遂墨以葬文公。晉於是始墨。文嬴請三帥，曰：『彼實構吾二君，寡君若得而食之，不厭，君何辱討焉！使歸就戮于秦，以逞寡君之志，若何？』公許之。先軫朝，問秦囚，公曰：『夫人請之，吾舍之矣。』先軫怒曰：『武夫力而拘諸原，婦人暫而免諸國，墮軍實而長寇讎，亡無日矣！』不顧而唾。公使陽處父追之，及諸河，則在舟中矣。釋左驂，以公命贈孟明。孟明稽首曰：『君之惠，不以纍臣釁鼓，使歸就戮於秦，寡君之以爲戮，死且不朽；若從君惠而免之，三年將拜君賜。』秦伯素服郊次，鄉師而哭曰：『孤違蹇叔，以辱二三子，孤之罪也；不替孟明，孤之過也。大夫何罪！且吾不以一眚掩大德。』

（3）楚共王遺命（襄公十三年）

楚子疾，告大夫曰：『不穀不德，少主社稷，生十年而喪先君，未及習師保之教訓，而應受多福，是以不德。而亡師于鄢，以辱社稷，爲大夫憂，其弘多矣！若以大夫之靈，獲保首領以沒於地，唯是春秋窀穸之事，所以從先君於禰廟者，請爲「靈」若「厲」，大夫擇焉。』莫對。及五命，乃許。秋，楚共王卒。子囊謀謚，大夫曰：『君有命矣。』子囊曰：『君命以共，若之何毀之！赫赫楚國，而君臨之，撫有蠻夷，奄征南海，以厲諸夏，而知其過，可不謂「共」乎？請謚之「共」。』大夫從之。

（4）臧孫紇出奔（襄公二十三年）

季武子無適子，公彌長，而愛悼子，欲立之，訪於申豐，曰：『彌與紇，吾皆愛之，欲擇才焉而立之。』申豐趨退，歸，盡室將行。他日，又訪焉。對曰：『其然，將具敝車而行。』乃止。訪於臧紇，臧紇曰：『飲我酒，吾爲子立之。』季氏飲大夫酒，臧紇爲客，既獻，臧孫命北面重席，新樽絜之，召悼子，降逆之，大夫皆起。及旅，而召公鉏，使與之齒。季孫失色。季氏以公鉏爲馬正，慍而不出，閔子馬見之，曰：『子無然。禍福無門，惟人所召。爲人子者，患不孝，不患無所。敬共父命，何常之有？若能孝敬，富倍季氏可也；姦回不軌，禍倍下民可也。』公鉏然之，敬共朝夕，恪居官次。季孫喜，使飲己酒，而以具往，盡舍旃。故公鉏氏富。又出爲公左宰。

孟孫惡臧孫，季孫愛之。孟氏之御騶豐點，好羯者也，曰：『從余言，必爲孟孫。』再三云，羯從之。孟莊子疾，豐點謂公鉏：『苟立羯，請讎臧氏。』公鉏謂季孫曰：『孺子秩，固其所也。若羯立，則季氏信有力於孟氏矣。』弗應。己卯，孟孫卒。公鉏奉羯立于戶側。季孫至，入哭而出，曰：『秩焉在？』公鉏曰：『羯在此矣。』季孫曰：『孺子長。』公鉏曰：『何長之有？唯其才也！且夫子之命也。』遂立羯。秩奔邾。

臧孫入哭甚哀，多涕。出，其御曰：『孟孫之惡子也，而哀如是，季孫若死，其若之何？』臧孫曰：『季孫之愛我，疾疢也；孟孫之惡我，藥石也：美疢不如惡石，夫石猶生我，疢之美，其毒滋多。孟孫死，吾亡無日矣！』

孟氏閉門，告於季孫曰：『臧氏將爲亂，不使我葬。』季孫不信。臧氏聞之，戒。冬，十月，孟氏將辟，藉除於臧氏。臧孫使正夫助之，除於東門，甲從己而視之。孟氏又告季孫，季孫怒，命攻臧氏。乙亥，臧紇斬鹿門之關以出，奔邾。

初，臧宣叔娶于鑄，生賈及爲而死。繼室以其姪，穆姜之姨子也，生紇，長於公宮，姜氏愛之，故立之。臧賈臧爲出在鑄。臧武仲自邾使告臧賈，且致大蔡焉，曰：『紇不佞，失守宗祧，敢告不弔。紇之罪不及祀，子以大蔡納請，其可？』賈曰：『是家之禍也，非子之過也。賈聞命矣。』再拜受龜，使爲以納請，遂自爲也。臧孫如防，使來告曰：『紇非能害也，知不足也。非敢私請，苟守先祀，無廢二勳，敢不辟邑！』乃立臧爲，臧紇致防而奔齊。其人曰：『其盟我乎？』臧孫曰：『無辭。』將盟臧氏，季孫召外史掌惡臣，而問盟首焉。對曰：『盟東門氏也，曰：「毋或如東門遂，不聽公命，殺適立庶！」盟叔孫氏也，曰：「毋或如叔孫僑如，欲廢國常，蕩覆公室！」』季孫曰：『臧孫之罪，皆不及此。』孟椒曰：『盍以其犯門斬關？』季孫用之，乃盟臧氏曰：『無或如臧孫紇，干國之紀，犯門斬關！』臧孫聞之曰：『國有人焉，誰居？其孟椒乎』

（5）向戌弭兵（襄公二十七年）

宋向戌善於趙文子，又善於令尹子木，欲弭諸侯之兵以爲名。如晉告趙孟，趙孟謀於諸大夫。韓宣子曰：『兵，民之殘也，財用之蠹，小國之大菑也。將或弭之，雖曰不可，必將許之。弗許，楚將許之，以召諸侯，則我失爲盟主矣。』晉人許之。如楚，楚亦許之。如齊，齊人難之，陳文子曰：『晉楚許之，我焉得已？且人曰弭兵，而我弗許，則固攜吾民矣，將焉用之？』齊人許之。告於秦，秦亦許之。皆告於小國，爲會於宋。

五月，甲辰，晉趙武至於宋。丙午，鄭良霄至。六月，丁未朔，宋人享趙文子，叔向爲介，司馬置折俎，禮也。——仲尼使舉是禮也，以爲多文辭。——戊申，叔孫豹齊慶封陳須無衞長石惡至。甲寅，晉荀盈從趙武至。丙辰，邾悼公至。壬戌，楚公子黑肱先至，成言於晉。丁卯，宋向戌如陳，從子木成言於楚。戊辰，滕成公至。子木謂向戌：『請晉楚之從，交相見也。』庚午，向戌復於趙孟，趙孟曰：『晉楚齊秦匹也，晉之不能於齊，猶楚之不能於秦也。楚君若能使秦君辱於敝邑，孫君敢不固請於齊！』壬申，左師復言於子木，子木使馹謁諸王，王曰：『釋齊秦，他國請相見也。』秋，七月，戊寅，左師至。是夜也，趙孟及子皙盟，以齊言。庚辰，子木至自陳，陳孔奐蔡公孫歸生至，曹許之大夫皆至。以藩爲軍，晉楚各處其偏。伯夙謂趙孟曰：『楚氛甚惡，懼難。』

趙孟曰：『吾左還入於宋，若我何！』

辛巳，將盟於宋西門之外，楚人衷甲，伯州犂曰：『合諸侯之師，以爲不信，無乃不可乎？夫諸侯望信於楚，是以來服。若不信，是棄其所以服諸侯也。』固請釋甲。子木曰：『晉楚無信久矣，事利而已，苟得志焉，焉用有信！』大宰退，告人曰：『令尹將死矣，不及三年。求逞志而棄信，志將逞乎？志以發言，言以出信，信以立志，參以定之。信亡，何以及三？』

趙孟患楚衷甲，以告叔向。叔向曰：『何害也。匹夫一爲不信，猶不可，單斃其死，若合諸侯之卿，以爲不信，必不捷矣。食言者不病，非子之患也。夫以信召人，而以僭濟之，必莫之與也，安能害我？且吾因宋以守病，則夫能致死，雖倍楚可也，子何懼焉，又不及是，曰弭兵以召諸侯，而稱兵以害我，吾庸多矣，非所患也。』

季武子使謂叔孫以公命曰：『視邾滕。』既而齊人請邾，宋人請滕，皆不與盟。叔孫曰：『邾滕，人之私也，我列國也。何故視之！宋衞，吾匹也。』乃盟，故不書其族，言違命也。

晉楚爭先，晉人曰：『晉固爲諸侯盟主，未有先晉者也。』楚人曰：『子言晉楚匹也，若晉常先，是楚弱也。且晉楚狎主諸侯之盟也久矣。豈專在晉？』叔向謂趙孟曰：『諸侯歸晉之德只，非歸其尸盟也。子務德，無爭先。且諸侯盟，小國固必有尸盟者，楚爲晉細，不亦可乎？』乃先楚人。

(6)魯昭公去國(昭公二十五年)

初，季公鳥娶妻於齊鮑文子，生甲。公鳥死，季公亥與公思展與公鳥之臣申夜姑相其室。及季姒與饔人檀通，而懼，乃使其妾抶己，以示秦遄之妻，曰：『公若欲使余，余不可，而抶余。』又訴於公甫曰：『展與夜姑將要余。』秦姬以告公之，公之與公甫告平子，平子拘展於卞，而執夜姑，將殺之。公若泣而哀之，曰：『殺是，是殺余也。』將爲之請。平子使豎勿內，日中不得請，有司逆命。公之使速殺之。故公若怨平子。季郈之雞鬭，季氏介其雞，郈氏爲之金距。平子怒，益宮於郈氏，且讓之，故郈昭伯亦怨平子。

臧昭伯之從弟會爲讒於臧氏，而逃於季氏。臧氏執旃。平子怒，拘臧氏老。將禘於襄公。萬者二人，其衆萬於季氏。臧孫曰：『此之謂不能庸先君之廟。』大夫怨怒平子。公若獻弓於公爲，且與之出射於外，而謀去季氏。公爲告公果公賁，公果公賁使侍人僚相告公。公寢，將以戈擊之，乃走。公曰：『執之。』亦無命也。懼而不出，數月不見。公不怒，又使言，公執戈以懼之，乃走。又使言，公曰：『非小人之所及也。』公果自言。公以告臧孫。臧孫以難告郈孫，郈孫以可勸，告子家懿伯。懿伯曰：『讒人以君徼幸，事若不克，君受其名，不可爲也。舍民數世以求克事，事不可必也。且政在焉，其難圖也。』公退之。辭曰：『臣與聞命矣。言若洩，臣不獲死。』乃館於公。叔孫昭子如闞，公居於長府。九月，戊戌，伐季氏，殺公之于門，遂入之。平子登臺而請曰：『君不察臣之罪，使有司討臣以干戈，臣請待於沂上以察罪。』弗許。請囚于費，弗許。請以五乘亡，弗許。子家子曰：『君其許之。政自之出久矣。隱民多取食焉。爲之徒者衆矣。日入慝作，弗可知也。衆怒，不可蓄也。蓄而弗治，將薀。薀蓄，民將生心。生心，同求將合，君必悔之。』弗聽。郈孫曰：『必殺之。』公使郈孫逆孟懿子。叔孫氏之司馬鬷戾言於其衆曰：『若之何？』莫對。又曰：『我家臣也，不敢知國。凡有季氏與無，於我孰利？』皆曰：『無季氏，是無叔孫氏也。』鬷戾曰：『然則救諸？』帥徒以往，陷西北隅以入。公徒釋甲，執冰而踞。遂逐之。孟氏使登西北隅以望季氏，見叔孫氏之旌，以告。孟氏執郈昭伯，殺之于南門之西。遂伐公徒。子家子曰：『諸臣僞劫君者，而負罪以出。君止，意如之事君也，不敢不改。』公曰：『余不忍也。』與臧孫如墓謀，遂行。己亥，公孫于齊，次于陽外。

（7）冉有敗齊師（哀公十一年）

齊爲鄎故，國書高無平帥師伐我，及清。季孫謂其宰冉求曰：『齊師在清，必魯故也，若之何？』求曰：『一子守，二子從公禦諸竟。』季孫曰：『不能。』求曰：『居封疆之間。』季孫告二子。二子不可。求曰：『若不可，則君無出，一子帥師，背城而戰。

不屬者，非魯人也。魯之羣室，衆於齊之兵車。一室敵車，優矣。子何患焉？二子之不欲戰也宜。政在季氏。當子之身，齊人伐魯，而不能戰。子之恥也。大不列於諸侯矣。』季孫使從於朝，俟於黨氏之溝，武叔呼而問戰焉。對曰：『君子有遠慮，小人何知？』懿子强問之，對曰：『小人慮材而言，量力而共者也。』武叔曰：『是謂我不成丈夫也。』退而蒐乘。孟孺子洩帥右師，顏羽御，邴洩爲右。冉求帥左師，管周父御，樊遲爲右。季孫曰：『須也弱。』有子曰：『就用命焉。』季氏之甲七千，冉有以武城人三百爲己徒卒。老幼守宮。次于雩門之外。五日，右師從之。公叔務人見保者而泣曰：『事充，政重，上不能謀，士不能死，何以治民？吾既言之矣。敢不勉乎？』

師及齊師戰于郊。齊師自稷曲。師不踰溝。樊遲曰：『非不能也，不信子也，請三刻而踰之。』如之，衆從之。師入齊軍，右師奔。齊人從之。陳瓘陳莊涉泗。孟之側後入，以爲殿。抽矢策其馬，曰：『馬不進也。』林不狃之伍曰：『走乎？』不狃曰：『誰不如？』曰：『然則止乎？』不狃曰：『惡賢？』徐步而死。師獲甲首八十。齊人不能師。宵諜曰：『齊人遁。』冉有請從之。三，季孫弗許。孟孺子語人曰：『我不如顏羽，而賢於邴洩。子羽銳敏，我不欲戰而能默，洩曰：「驅之！」』公爲與其嬖僮汪錡乘，皆死，皆殯。孔子曰：『能執干戈以衞社稷，可無殤也。』冉有用矛於齊師，故能入其軍。孔子曰：『義也。』

以上所引之左傳文辭，故事既見完整詳盡，抒寫亦極流暢宣達，可見記事文字之進展，與夫文書物質工具難易關係之重大。司馬遷報任少卿書云：『左丘失明，厥有國語，』可見國語亦爲左氏重要之著述。韋昭國語解叙云：『孔子發憤於舊史，垂法於素王，左邱明因聖言以攄意，託王義以流藻，其明識高遠，雅思未盡，故復采錄前世穆王以來，下訖魯悼智伯之誅，以爲國語，其文不主於經，故曰外傳。』李寒嚴則云：『昔左邱明將傳春秋，乃先采集列國之史，國別爲語，旋獵其英華，作春秋傳，而先所采集之語，草稿具存，時人共傳習之，號曰國語，殆非邱明本志也。故其辭多枝葉不若內傳之簡直峻健。』是又可見裒集在前，非『雅思未盡，』乃更采錄也。司馬溫公亦云：『左氏欲傳春秋，先作國語。』是其明徵已！近人褚石橋文學蜜史之評國語云：

『國語與傳相表裏，而非以釋經。故謂之外傳。其文深閎傑異，傳吳越事尤奇峻，而宋衞秦之紀缺如，識者不能無疑焉。然而春秋之文止此矣。觀其詞間多繁蕪蔓衍，亦略類諸子之書。故一變而爲戰國縱橫險譎，百家騰越，愈趨愈歧，而三代之制，遂不可復見。此文章正變之會，所宜深思也。』

此論中正不偏，既可知國語與諸子文體之淵源，又可說明國語文辭與左傳之異同。唐柳子厚生平爲文章，專學國語，嘗答韋中立論師道書，謂『參之國語以博其趣，』後雖作非國語六十七篇，亦無非就史實細覈，對於文辭固甚嗜好之者，而宋黃東發黃氏日鈔亦稱國語文字之簡潔。

茲因篇幅關係，不更多所節引矣。

附表：古代記事文之進展（容肇祖）

簡單記事	複雜記事，彙集成書	系統的著書
1. 因受文書材料之限制，但記一事，或記數事，而不相系屬者：如甲骨刻辭，銅器刻辭。	如國語，左傳。	如世本，如楚漢春秋，如後來的史記。
2. 編年雜記各事，如春秋，如竹書紀年。	由編年記事，一變卽爲國別的彙集記事文。	由記事之相爲終始，自成系統之作。

本章參考書：

中國文學史大綱　容肇祖（開明）
中國文學史選例　胡適（國立北京大學出版組）
插圖本中國文學史第一册　鄭振鐸（北平樸社）
戰國文籍中之篇式書體　傅斯年（國立中央研究院歷史語言研究所集刊第一本第二分）
文學蠻史　褚石橋（廣東方言學堂排印本）

第五章　楚辭

苟吾人習讀詩三百篇，常認爲其足以代表中國北方黃河流域民族性之文學者如二南及詩之詠及江漢流域者爲例外，則楚辭之可代表以長江流域爲中心之南方民族文學而無疑。三百篇中大部分之歌謠皆爲平民之創作，楚辭則半係貴人詩人之產品。因其時代不同，地域不同，作者環境不同，故其作風亦迥異。楚辭產生之時代較三百篇爲後，故後者之進步亦屬事實。三百篇之描寫技巧異常樸素，比較寫實，字句亦甚簡短。楚辭則慣用駢偶長句，每篇至少亦有數百字，思想更趨重於浪漫神祕之傾向，假大自然之神話以表現自我豐富熱烈之情緒，開中國文學史上之新涂徑。此實楚辭最大之特點，而楚辭之景響於後世之詩歌者亦以此爲最。

過去學者對於楚辭之見解，多認爲與詩經有頗密切之關係。此實緣於彼輩對詩經無理之附會曲解，而濡染濃厚之道德或倫理氣息。故彼等亦仍襲『六義』『四始』之詩教以衡量楚辭。如劉勰，雖明稱其『詞賦之英傑，』『異乎經典』者，而仍不免有：

故其陳堯舜之耿介，稱湯武之祇敬，典誥之體也。譏桀紂之猖披，傷羿澆之顚隕，規諷之旨也。虬龍以喩君子，雲蜺以譬讒邪，比興之義也。每一顧而掩涕，歎君門之九重，忠怨之辭也。觀茲四事，同於風雅者也。（文心雕龍辯騷）

之辯難。其實此種辯難，今人讀之，每覺其不切。楚辭在文學史上占有高貴之地位，固無人加以否認，惟即以之詮釋附會經典，則吾人應表示反對。中國南方之詩歌原非始於楚辭，然進至戰國時文化發達已漲至最高潮流，故其文學方面之發展亦達於非常神妙雋美之境界。復因南北氣候之不同，南方溫暖安逸，人民之思想亦易流變於浪漫神祕之趨向，崇拜美妙之大自然，迷信神鬼，而欲於虛渺放蕩之遐想中尋求解決宇宙或人生之謎。此種奔放馳騁繾綣惻怛之豐富情感，經過婉轉柔曲之描寫，詠為長篇即為偉大之楚辭之來源。若王逸章句中則云：

離騷之文，依詩取興，引類譬諭。

篇末復云『依託五經以立義焉，』其謬妄與武斷之誤解可知矣。即史記屈原賈生列傳中批評離騷，亦未能應用純文學鑑賞，而謂：

國風好色而不淫，小雅怨誹而不亂，若離騷者，可謂兼之矣。……明道德之廣崇，治亂之條貫，靡不畢見。其文約，其辭微，其志潔，其行廉。

凡此皆引據經典以說楚辭之源於詩三百篇，並以『託物興詞』之舊說而衡度之，皆不能了解楚辭在文學上最高之眞價值者也。

說楚辭者不可不先述楚辭最早之創始者，古代文學史中最大之詩人屈原。史記有屈原賈生列傳，其敘屈原者略云：

屈原者，名平，楚之同姓也。為楚懷王左徒，博聞彊志，明於治亂，嫻於辭令。入則與王圖議國事，以出號令，出則接遇賓客，應對諸侯。王甚任之。上官大夫與之同列，爭寵，而心害其能。……因讒曰：『王使屈平爲令，衆莫不知，每一令出，平伐其功，以爲非我莫能爲也。』王怒而疏屈平。……故憂愁幽思而作離騷。離騷者，猶離憂也。……屈平既疏，不復在位，使於齊，顧反，諫懷王曰：『何不殺張儀？』王悔，追張儀不及。……頃襄王立，……令尹子蘭……使上官大夫短屈原於頃襄王，頃襄王怒而遷之。屈原至於江濱，被髮行吟澤畔，……乃作懷沙之賦……於是懷石自沒汨羅以死。屈原既死之後，秦有宋玉，唐勒，景差之徒，皆好辭而以賦見稱。

於此可略窺屈原之生平。近人胡適著讀楚辭一文（胡適文存二集卷一），曾懷疑屈原之存在。然其舉證既不明確，近亦頗自悔前說之孟浪。則此偉大詩人之歷史，實無可妄疑者。考其被放逐時之往來蹤跡，略見於哀郢，涉江，懷沙諸篇。東行登郢都，遵江夏，過夏首，南上洞庭，順江東下，東至夏浦，又東至於陵陽。南行由鄂渚至洞庭，自洞庭西南溯沅江，復自枉渚溯沅至辰陽，入漵浦。在此遷流轉徙，不忘欲返之時，怨悱幽憂，不得已而從事於文學之創作，以表現其熱烈純潔之情感，而成其爲偉大之作家。司馬遷嘗云：『昔西伯拘羑里，演周易；孔子戹陳蔡，作春秋；屈原放逐，著離騷。』（史記自敘）所謂意有所鬱結轄滯，不得不思所以發洩之；而屈原特從文學方面發展，遂爲百世辭人開此光榮之局耳！

漢書藝文志著錄屈原賦二十五篇。今存本楚辭中，遂有二十五篇被認爲屈原之作。其實各篇作品之性質非屬一類，屈原所作者僅爲其中之小部分。玆將二十五篇作品，依照時代先後，分列於下：

（1）較古之南方民族文學　九歌：東皇太一，雲中君，湘君，湘夫人，大司命，少司命，東君，河伯，山鬼，國殤，禮魂等十一篇。古人以『九』爲數之極，其後宋玉亦作九辯，非必其數爲九篇也。

（2）最古之故事傳說集　天問

（3）稍晚，屈原所作　離騷，九章之一部分

（4）屈原同時或稍後　招魂

（5）稍後，楚亡國後　卜居，漁父

（6）漢人所作　大招，遠遊，九章之一部分

玆請先述九歌之來源。詩三百篇有十五國風，獨不及楚。足徵楚地歌謠自有其所以異於中夏者在。楚地險流急，人民生性狹隘，信巫而好鬼，故其發爲文學，多閎偉窈眇之思，調促語長，而想像力亦綦富。復以山奇水麗，文藻益彰。稽之古籍，說苑善說篇載楚康王時之楚譯越人歌：『今夕何夕兮，搴洲中流？今日何日兮，得與王子同舟？蒙羞被好兮，不訾詬恥。心幾煩而不絕兮，知得王子。山有木兮木有枝，心悅君兮君不知！』其譯述之技術高巧，令人想見楚人詩歌之格調。語助中用『兮』字，雖在三百篇中已頗有之，然於兩句中始夾一用者，句調特

長，則楚歌之所以異於十五國風詩者在矣。新序節士篇引徐人歌誦延陵季子之辭，曰：『延陵季子兮不忘故，脫千金之劍兮帶丘墓。』其風格之獨創，亦復相似。論語微子篇載楚狂接輿歌而過孔子曰：『鳳兮鳳兮！何德之衰？往者不可諫，來者猶可追。已而已而！今之從政者殆而！』莊子引前四句作『鳳兮鳳兮！何如德之衰也？來世不可待，往世不可追也！』史記引第三四句作『往者不可諫兮，來者猶可追也！』二書所載，較之論語均多語辭『也』字，別見楚調反覆丁寧之意。孟子離婁引孺子歌云：『滄浪之水清兮，可以濯我纓，滄浪之水濁兮，可以濯我足。』其調亦近於前所引之徐人歌延陵季子辭，句調相同，即文情亦與後起之九歌同一軸杼者也。

自九歌樂章之出現，而楚文學始建立一新興之基礎。九歌者何由而作也？近人王國維宋元戲曲考王靜安先生遺書本謂：『周禮既廢，巫風大興；楚越之間，其風尤甚。』漢王逸嘗云：

昔楚國南郢之邑，沅湘之間，其俗信鬼而好祠。其祀必作歌樂鼓舞，以樂諸神。屈原放逐，竄伏其域，懷憂苦毒，愁思沸鬱，出見俗人祭祀之禮，歌舞之樂，其詞鄙陋，因爲作九歌之曲。（楚辭章句）

此以九歌爲屈原作也。然後人頗多疑之者，朱熹楚辭集注乃謂：

昔楚南郢之邑，沅湘之間，其俗信鬼而好祀，其祀必使巫覡作樂歌舞以娛神。蠻荊陋俗，詞既鄙俚，而其陰陽人鬼之間，又或不能無褻慢淫荒之雜。原既被逐，見而感之，故爲更定其詞，去其泰甚。

此雖臆測揣摩，然頗可據信。當時楚巫祭鬼神，必兼歌舞，則自有一種祠神用之歌曲，別成一調。今觀九歌之句法，每句必夾一「兮」字，完全楚調普徧之作風；而文采斐然，殊不鄙陋，則其曾經富有文學修養之人所修改潤飾，殆無可疑。故謂：屈原或依其歌調而爲之創新辭，或就其原有之歌辭而爲之藻潤，吾人雖未敢完全定論，而屈原受九歌影響以作離騷，其風格音節各方面均有顯著之湘沅民間歌曲之特點，則可以斷言者也。

九歌之用原在於樂神，而多及男女慕悅之辭，眞摯活潑之感，此蓋古代民歌之本色。論其描寫，或則清麗纏綿，或則悲激壯烈，莫不含蓄極熱烈極豐富之情調。例如：

(一)湘君

君不行兮夷猶，蹇誰留兮中洲？美要眇兮宜修。令沅湘兮無波，使江水兮安流。望夫君兮未來，吹參差兮誰思？

(二)湘夫人

帝子降兮北渚，目眇眇兮愁予。嫋嫋兮秋風，洞庭波兮木葉下。

(三)少司命

秋蘭兮青青，綠葉兮紫莖。滿堂兮美人，忽獨與余兮目成，入不言兮出不辭，乘回風兮載雲旗。悲莫悲兮生別離，樂莫樂兮新相知。荷衣兮蕙帶，儵而來兮忽而逝。夕宿兮帝郊，君誰須兮雲之際？與女遊兮九河，衝風至兮水揚波。與女沐兮咸池，晞女髮兮陽之阿。望美人兮未來，臨風怳兮浩歌。

以上各篇，較之三百篇之十五國風，無論技術上情調上，其顯著之進步有可得而言者。南人情緒熱摯，善感多懷，復出以繁音促節，高歌亢調，盪氣廻腸，視北方歌曲之樸質無華，蓋不可同日而語。而國殤一篇，則慷慨雄激，一往直前，為詩歌中生面別開之作。三湘民氣之熱烈豪放，肅穆壯烈，蓋肇自遠古即有若是之可寶者！茲錄其文如次：

（四）國殤

操吳戈兮被犀甲，車錯轂兮短兵接。旌蔽日兮敵若雲，矢交墜兮士爭先。凌余陣兮躐余行，左驂殪兮右刃傷。霾兩輪兮縶四馬，援玉枹兮擊鳴鼓，天時墜兮威靈怒，嚴殺盡兮棄原野。出不入兮往不反，平原忽兮路超遠。帶長劍兮挾秦弓，首身離兮心不懲。誠既勇兮又以武，終剛強兮不可凌。身既死兮神以靈，魂魄毅兮為鬼雄。

天開之體裁為四言問答式，文辭古奧，雖保全古代之故事傳說甚夥近人頗有根據天問諸篇以考訂古史之眞相者，其風氣自王國維啓之。，然缺乏文學價值。如：『曰：遂古之初，誰傳道之？上下未形，何由考之？冥昭瞢闇，誰能極之？馮翼惟像，何以識之？……』等，均與屈原所作及楚辭他篇相異。或以為漢人偽託，茲不具論。

遠遊篇中有『奇傅說之託辰星兮，羨韓衆之得一。形穆穆以浸遠兮，離人羣而遁逸。』韓衆之名見於史記秦始皇本紀，爲秦時方士，時代在屈原之後，大約亦是後人僞託之作。

卜居漁父兩篇係記事體，篇首卽稱『屈原旣放，』顯係旁人之記載。王逸亦云：『屈原放逐在湘江之間，憂愁嘆吟，儀容變易，而漁父避世隱身，釣魚江濱，欣然自樂。時遇屈原川澤之域，怪而問之，遂相應答。楚人思念屈原，因叙其辭以相傳焉。』此說或較可信。然卜居漁父兩篇雖非屈原所作，然其見解與技術均可代表楚辭進步已至甚高之時期。故事實上可認爲屈原原作者，不過離騷及九章之一部分耳。

近人梁啓超楚辭解題嘗對於屈原發其異常贊美之詞曰：『屈原性格誠爲積極的，而與中國人好中庸之國民性最相反也。而其所以能成爲千古獨步之大文學家，亦卽以此。彼以一身同時含有矛盾兩種之思想；彼對於現社會極端的戀愛，又極端的厭惡。彼有冰冷的頭腦，能剖析哲理；又有滾熱的感情，終日自煎自焚。彼絕不肯同化於惡社會，其力又不能化社會，故終其身與惡社會鬬，最後力竭而自殺。彼兩種矛盾惟日日交戰於胸中，結果所產煩悶至於爲自身所不能擔荷而自殺。彼之自殺，實其個性最猛烈最純潔之全部表現。非有此奇特之個性，不能產此文學，亦惟以最後一死，能使其人格與文學永不死也。』吾人由梁氏之言以讀離騷，知屈原以偉大之人格，乃能發爲偉大之文學。而偉大之文學，亦必有高尙熱烈內心流露之眞情感以副之，而無疑已！

吾人觀察屈原之生平，可知其爲最富於情感及忠心於國家之人。班固謂：『屈原痛君不用，信用羣小，國將危亡，忠誠之情，懷不能已。故作離騷，上陳堯舜禹湯文王之法，下言羿澆桀紂之說，以諷懷王。』彼蓋不滿意於當代之政治，不滿意於朝臣之貪婪驕恣，及楚王之昏庸無能。彼雖思超世獨立，雖亦知舉世皆濁而我獨清，衆人皆醉而我獨醒，然以其天生最豐富最熱烈之感情，乃絕不能掉首不顧而獨善其身。及至最後屢被讒言，橫遭放逐，流浪沅湘，而仍不忘彼始終熱烈愛護之國家，而此偉大之天才詩人之歸宿，亦惟有自沉於汨羅江底。吾人於其最著名之離騷中，可讀彼如何發揮其無拘無束浪漫奔瀉之情感，一變詩經樸素之作風而寫成其三百七十二句，二千四百六十一字恣肆泛溢之抒情長詩，在體裁方面已爲特殊之創構。而描寫之對象更能運用完整而美妙之大自然，復穿插多處古代神話，纏綿婉轉，活潑生動，一往情深。

今節引其最成功之作離騷中較精彩者兩段爲例：

曾歔欷余鬱悒兮，哀朕時之不當。攬茹蕙以掩涕兮，霑余襟之浪浪。跪敷衽以陳辭兮，耿吾既得此中正。駟玉虬以乘鷖兮，溘埃風余上征。朝發軔於蒼梧兮，夕余至乎縣圃。欲少留此靈瑣兮，日忽忽其將暮。吾令羲和弭節兮，望崦嵫而勿迫。路漫漫其脩遠兮，吾將上下而求索。飲余馬於咸池兮，總余轡乎扶桑。折若木以拂日兮，聊須臾以相羊。前望舒使先驅兮，後飛廉使奔屬。鸞皇爲余先戒兮，雷師告余以未具。吾令帝閽開關兮，倚閶闔而望余。時曖曖其將罷兮，結幽蘭而延佇。世溷濁而不分兮，好蔽美而嫉妒。朝吾將濟於白木兮，登閬風而緤馬。忽反顧以流涕兮，哀高丘之無女。溘吾遊此春宮兮，折瓊枝以繼佩。及榮華之未落兮，相下女之可貽。吾令豐隆乘雲兮，求虙妃之所在。解佩纕以結言兮，吾令蹇脩以為理。紛總總其離合兮，忽緯繣其難遷。夕歸次於窮石兮，朝濯髮乎洧盤。保厥美以驕傲兮，日康娛以淫遊。雖信美而無禮兮，來違棄而改求。覽相觀於四極兮，周流乎天余乃下。望瑤臺之偃蹇兮，見有娀之佚女。吾令鴆為媒兮，鴆告余以不好。雄鳩之鳴逝兮，余猶惡其佻巧。心猶豫而狐疑兮，欲自適而不可。鳳皇既受詒兮，恐高辛之先我。欲遠集而無所止兮，聊浮遊以逍遙。及少康之未家兮，留有虞之二姚。理弱而媒拙兮，恐導言之不固。時溷濁而嫉賢兮，好蔽美而稱惡。閨中既以邃遠兮，哲王又不寤。懷朕情而不登兮，余焉能忍與此終古！

此段描畫作者自身奔放之熱情，讚美活潑之自然生命，以及愛國愛鄉之心，完全為真情性之流露，故而纏綿悲惻，異常動人。其描寫之技巧及用韻遺辭，引起後世一般文人普遍之摹倣，影響異常巨大。參看明徐師曾文體明辨，茲不贅。

今更茲離騷末段為例：

惟茲佩之可貴兮，委厥美而歷茲。芳菲菲而難虧兮，芬至今猶未沬。和調度以自娛兮，聊浮游而求女。及余飾之方壯兮，周流觀乎上下。靈氛既告余以吉占兮，歷吉日乎吾將行。折瓊枝以為羞兮，精瓊爢以為粻。為余駕飛龍兮，雜瑤象以為車。何離心之可同兮，吾將遠逝以自疏。邅吾道夫崑崙兮，路修遠以周流。揚雲霓之晻藹兮，鳴玉鸞之啾啾。朝發軔於天津兮，夕余至乎西極。鳳皇翼其承旂兮，高翱翔之翼翼。忽吾行此流沙兮，遵赤水而容與。麾蛟龍以梁津兮，詔西皇使涉予。路修遠以多艱兮，騰衆車使徑待。路不周以左轉兮，指西海以爲期。屯余車其千乘兮，齊玉軑而並馳。駕八龍之婉婉兮，載雲旗之委蛇。抑志而弭節兮，神高馳之邈邈。奏九歌而舞韶兮，聊假日以媮樂。陟升皇之赫戲兮，忽臨睨夫舊鄉。僕夫悲余馬懷兮，蜷局顧而不行。

離騷辭句之文秀，條理之整飭，層次之明晰，想像力之豐富，不僅爲文體上之創格，即就藝術上之造詣論之，亦當推爲極成功極珍貴之空前創作。

九章爲不相連續之九篇，連合爲一而總名之曰九章。其目爲：惜誦，涉江，哀郢，抽思，懷沙，思美人，惜往日，橘頌，悲回風。九篇之作風亦復不同。惜誦，抽思之情調與離騷相近。涉江，哀郢，懷沙，思美人，悲回風與離騷之情景亦尚相合。橘頌與惜往日似非一路之作品。胡適曾云：『遠遊是模仿離騷做的；九章也是模仿離騷做的。九章中，懷沙載在史記，哀郢之名見於屈賈傳論，大概漢昭宣帝時當無「九章」之總名。九章中也許有稍古的，也許有晚出的僞作。』其言甚是。而卜居漁父則爲二篇記事，其技術與見解均甚進步，則成熟時代亦較諸作爲晚，可無疑義。

離騷雖不必能被管絃，與詩三百篇同爲入樂之作，而其格局本出於祠神之曲（如九歌），與班固所稱『不歌而誦』之賦體究有異殊。後來入樂之詩，與一切歌辭莫不受其影響；宋沈約所謂：『原其飆流所始，莫不同祖風騷』（宋書謝靈運傳論）者是也。

招魂一篇，相傳爲宋玉所作。史記屈原賈生列傳云：『屈原既死之後，楚有宋玉，唐勒，景差之徒，皆好辭而以賦見稱。』惟未道及宋玉之生平。漢書藝文志於『宋玉賦十六篇』之下，僅註『楚人，與唐勒並時，在屈原後也。』韓詩外傳七云：『宋玉因其友見楚襄王，襄王待之無以異，乃讓其友……。』新序卷一：『楚威王問宋玉曰：「先生其有遺行耶？何士民衆庶不譽之甚也。」宋玉對曰……，』又卷五：『宋玉事楚襄王而不見察，意氣不得，形於顏色。……』此外，如風賦，高唐賦，神女賦，登徒子好色賦，笛賦，大言賦，小言賦，釣賦，舞賦，均相傳爲宋玉之作品。此種故事賦，悉指爲出於一人之構，固覺無稽，卽故事之內容，亦係從一般文人之想像演出。其內容與韓詩外傳，劉向新序所說，皆同一型式，設爲問對，由宋玉之辯辭文飾，以自解嘲，皆不必實有其事。此種故事不見稱於戰國末之著述中而盛行於漢代，疑爲漢人辭賦中理想之文人，漸變成爲民間理想故事中之人物，且未必實有其人。自王逸撰楚辭章句，謂『宋玉者，屈原弟子也』（九辯序），自此而宋玉爲屈原弟子，遂爲一般人所豔稱。離騷之後，有擬離騷體之招魂，更有大招，九辯等，本皆無名氏之作。後更有人疑招魂與大招皆屈原所作，又說招魂爲宋玉作，大招爲景差作。疑不能明，無寧謂爲離騷後之擬作之爲愈。此種作品，吾儕亦不能決定其均爲戰國末之作，正如諸託名宋玉之故事賦，吾儕仍未能認其卽爲宋玉其人之作品也。

招魂大招兩篇，俱有意於誇張鋪曼之敘述，以張大其描狀之效力。如敘美人，則『朱脣皓齒，嫭以姱只；比德好閒，習以都只；豐肉微骨，調以娛只；魂乎歸來，安以舒只；嫮目宜笑，蛾眉曼只；容則秀雅，稚朱顏只；魂乎歸來，靜以安只。』（大招）設宮室，則『高堂邃宇，檻層軒些；層臺累榭，臨高山些；網戶朱綴，刻方連些；冬有突廈，夏室寒些；川谷徑復，流潺湲些；光風轉蕙，氾崇蘭些；經堂入奧，朱塵筵些』（招魂），甚至語飲食，傳歌舞，亦莫不用此種方法。而對所招來之靈魂，旣歷舉上下四方之可畏及不能久居，又盛道歸來所得享受之種種快樂。此種對舉之敘述，重疊有敘之描寫，後來之賦，多所取法。如三都，七發等篇，莫不如此。

至於九辯，亦能傳騷體之遺，而加以變化者。茲錄其首章如下：

悲哉！秋之爲氣也！蕭瑟兮草木搖落而變衰，憭慄兮若在遠行，登山臨水兮送將歸。泬寥兮天高而氣清，寂寥兮收潦而水清。憯悽增欷兮，薄寒之中人。愴怳懭悢兮，去故而就新。坎廩兮貧士失職而志不平，廓落兮羈旅而無友生，惆悵兮而私自憐。燕翩翩其辭歸兮，蟬寂漠而無聲。鴈廱廱而南游兮，鶤雞啁哳而悲鳴。獨申旦而不寐兮，哀蟋蟀之宵征。時亹亹而過中兮，蹇淹留而無成！

宋玉景差而外，漢書藝文志更著有唐勒賦四篇，惟俱已失傳，亦不能取以與屈宋諸篇互作比較觀矣。

本章參考書：

楚辭王逸章句　洪興祖補注（金陵書局刻本）

中國韻文通論　陳鐘凡（中華）

中國文學史大綱　容肇祖（開明）

楚辭概論　游國恩（商務）

讀楚辭　胡適（胡適文存二集卷一，亞東）

第六章　荀卿製作與賦體之完成

屈宋而外，戰國晚年，北方復產生一與文學哲學均有相當關繫之作家。厥爲荀卿。荀卿之生卒歲月，不詳於史籍。據近人張長弓所著『荀卿的韻文』推定，約遲生於屈原三十一年，晚卒於屈原五十年以上。然屈原之生季已甚難詳稽，則不若略叙荀氏經歷梗概之爲愈。近人姜賜蓉所著『讀荀子札記』一述荀況生平云：『荀子名況。劉向校書叙錄說：「孫卿趙人，名況。」劉向更說：「蘭陵人善爲學，蓋以孫卿也。長老至今稱之，曰蘭陵人喜字爲卿，蓋以法孫卿也。」故荀卿不一定是尊美之辭，而他實字卿。其生當戰國時，約生於公元前三三五年左右，死約公元前二三五年前後。他曾游說燕齊。劉向說：「方齊宣王威王之時，聚天下賢士於稷下，尊寵之，若鄒衍，田駢，淳于髡之屬甚衆，號曰列大夫。……是時孫卿有秀才，年五十，始來游學。」史記孟荀列傳說：「田駢之屬皆已死齊襄王時，而荀卿最爲老師。」後來他還曾游秦，荀子儒效篇載有他對秦昭王的話，彊國篇載他答范雎（應侯）的「入秦何見」的問話：「孫卿子曰：『其固塞險，形勢便，山林川谷美，天材之利多。』」他又抵趙國，議兵篇開始就有「臨武君與孫卿子議兵於趙孝成王前」一段。末後他又曾歷楚，春申君使爲蘭陵令，其時當在楚考烈王八年（公元前二五五年）。春申君被殺後，他也就去官，不久便死在蘭陵地方了。』姜君之說，大體可據。漢書藝文志賦家，載孫卿賦十篇。除五賦外，後人不甚得解。實則成相篇可以析爲五章，即是五篇。自唐時楊倞誤解之爲三章後，人多不察，可見當時已列成相篇爲賦體矣。成相二字之解釋，其說亦非一端，約言之；可以分爲三種：

（一）楊倞說　謂以初發語名篇；或以爲成功在相，故云。

（二）盧文弨說　成相之義，非謂成功在相。相乃樂器，又古者有瞽必有相。篇首所稱『有瞽無相何倀倀，』亦即此義。首句請成相，言請奏此曲也。

（三）王念孫說　以爲相者治也。請成相者，請言成治之方也。

統觀右列之三種解釋，自以盧說較爲近理。禮記曲禮篇云：『鄰有喪，舂不相。』鄭注以相字爲送杵聲。古人於勞動之時，必爲歌謳，以自解困。譬如舉大木時，必有耶許之聲，爲樂曲即謂之相。荀氏此辭，或即采用民間流行之歌調。民歌常重沓複奏（三百篇中如鄘風柏舟，鄭風楊之水，庸風綢繆俱是。），而成相篇亦復相同。每章四句，句字均有一定，且句句有韻（每章句例，首三字句，次三字句，次七字句，末十一字句。）至於五篇之大意，可概括於楊倞所謂『雜論君臣治亂之事，以自見其意』兩語中，蓋荀卿未得志時憤慨之作也。至於其他五賦，乃可指爲鋪采摛文，體物寫志者。

禮賦之意，言禮之功用極大，時人莫知，故衍析其義而昭告之。知賦鋪陳君子之『知』之功用，以明小人之知則不然。雲賦言雲之功用足以滋潤萬物，人多不察，故於此明之。蠶賦言蠶之功用。箴賦（箴，同後世之針。）言其爲萬物微，而用至重，以譏當世。（以上五賦，在荀子書中總稱曰賦篇。）五賦中有一共同之表現法，卽先極力狀物，而不點題，並采用問答體。答語亦不直接點題，多用疑問意敷陳其理，頗似隱謎性質。其文辭之組織悉用三言四言構成，前段之問語，常用隔句韻，後段之答語則或隔句韻，或句句韻，或錯雜爲韻。賦篇之後，附有佹詩，篇首謂『天下不治，請陳佹詩，』蓋欲以推求天下變亂之由。佹詩之後，更有小歌，又載有十二句詩辭。案戰國策楚策所紀，是詩爲荀卿遺春申君者。玩其語意，多爲憤懣失意之作。吾人研究荀卿與戰國時賦體演變關繫之樞鈕，蓋自此成相賦篇始。

考詩歌最早之作用，諷諭亦爲其中之一端。劉彥和文心雕龍比興篇云：『比者附也，興者起也。附理者切類以指事，起情者依微以擬議。起情故興體以立，附理故比例以生，比則畜憤以斥言，興則環譬以記諷。蓋隨時之義不一，故詩人之志有二也。』大約詩三百篇中，諷諭之義多可考見。至於離騷之產生，則文心明詩篇亦云：『楚國諷怨，則離騷爲刺。』而荀卿成相佹詩諸作，亦包含詩騷中諷諭之義，與後世純然寫物言情者有別焉。

賦篇與佹詩，統以四言句爲主。成相篇雖爲雜言組成，仍未脫四言臼痕。荀卿之時代視屈原爲晚，楚辭中離騷悲回風等篇爲雜言組成，而天問，懷沙，橘頌等篇仍爲四言體，荀卿生長北方，又曾游楚，則其作品淵源與三百篇楚辭間之消息，固有可得而推求者。三百篇韻例甚多，前章已屢言之迨屈荀以後，漸以隔句韻爲主。至於成相篇之句句韻，小雅車攻已啓其端。此吾儕所以認爲荀氏韻文與前代及當代文學有所緊密關連之處也。

盧文弨謂：『審此篇（成相篇）音節，即後世彈詞之祖。』今按其章句之組織，頗有類於後世之樂府詩。漢魏樂府詩多爲長短句自由之配合，有句句韻，亦有不定句韻。如漢鐃歌之戰城南，君馬黃等，均與成相篇之組織相同，而郊祀歌之章法，似亦間接受成相篇之影響。此論甚繁參看張長弓中國文學史新編，茲因篇幅關係，弗更多贅矣。

然漢世賦體之完成，其受屈原宋玉諸作及荀卿作品之深刻影響，則誠爲灼然易見之明顯事實。

以下請略述漢賦之興起，及其與楚辭並荀卿賦篇之關係，細覈其異同之實，兼可見先秦文學最直接之影響。

吾人於敘述漢賦之前，必先認清一種意識，即漢代之辭賦，與前述之楚辭尤其是所謂屈宋，有迥不相侔之處是。屈原固夙被一般辭客所尊稱爲作賦之初祖者，說者以其一反詩經樸實之四言詩，而用長篇之韻文抒寫。但吾人對於屈辭，僅可視爲長篇之抒情詩，而弗能驟認爲賦。至於漢代之賦體，在形式上本爲模擬楚辭，惟內容則雕飾浮辭，堆疊典實，根本上早已喪失創作之精神及楚辭優美之情愫。此楚辭所收集者。仍有一部分漢人之作。惟作風與偶縟之賦體區有以別。故吾人不承認其爲楚辭系統之一部分，其間密切微妙之關係雖復存在，仍當別立之爲漢賦也。

依據傳統之主張，詩有『六義』，而賦爲其中之一義。荀子中有賦篇見前，其辭如：『爰有大物，非絲非帛，文理成章，非日非月，爲天下明，生者以壽，死者以葬，城郭以固，三軍以强，粹而王，駁而伯，一無焉而亡。臣愚不識，敢請之王。』禮篇殊無何種文學上之價值。惟『賦』之名至此時始創成獨立之名辭，殊堪注意。

劉勰文心雕龍云：『詩有六義，其二曰賦。賦者，鋪也。鋪采摛文，體物寫志也。……然賦也者，受命於詩人，拓宇於楚辭也。於是荀況禮智，宋玉風鈞，爰錫名號，與詩畫境。六義附庸，蔚成大國。遂客主以首引，極聲貌以窮文；斯蓋別詩之原始，命賦之厥初也。』（詮賦篇）漢書藝文志亦云：『傳曰：不歌而誦，謂之賦。登高能賦，可以爲大夫。言感物造端，材知深美，可以圖事，故可以爲列大夫也。』『及楚臣屈原，離讒憂國，皆作賦以風，咸有惻隱古詩之義。……（漢賦則）競爲侈麗閎衍之詞，沒其風諭之義。』吾人讀此段之末二語，即知賦與詩已完全脫離，別成一種重要之文體矣。

賦之性質，吾人可根據如劉勰所云：

『賦者，鋪也。鋪采摛文，體物寫志也。』

鍾嶸云：

『直陳其事，寓言寫物，賦也。』（詩品）

劉熙釋名亦云：

『詩之也，志之所之也。興物而作謂之興，敷陳其義謂之賦，事類相似謂之比，言王政

事謂之雅，稱頌成功謂之頌。隨作者之志，而別名之也。』（釋典藝第二十）

班固兩都賦序云：

『或曰：賦者，古詩之流也。成康沒而頌聲寢，王澤竭而詩不作。大漢初定，日不暇給；至於武宣之世，乃崇禮官，考文章，內設金馬石渠之署，外興樂府協律之事，以興廢繼絕，潤色鴻業。是以衆庶悅豫，福應尤盛。』

以上所叙之賦，皆須鋪采摛文，敷布其義。故漢代之辭賦，全爲富麗典雅，豐辭縟藻，歌頌太平盛世之文章。堆疊成篇，鋪陳誇飾，全失詩歌抒發眞性情之優美詩意，僅用爲謳歌盛德，粉飾太平而已。故賦與詩已完全異體，與楚辭或荀賦亦不過爲形式上或音調上之相似，而賦實獨立變成詩文間之一種有韻駢體。

漢代常被認爲辭賦之時代或楚聲之時代。質言之，此亦不過謂賦在漢代有特別發展而已。何以賦在漢代能獲得特別之發展？是蓋亦別有故。

自中國歷史發展之階段言之，經過東周戰國迄秦，五六百年大混亂之時期後，入漢爲比較安寧，休養生息之時代。此時期之政府及一班文人學士，遂亦提倡歌頌太平盛世，富麗典雅雕飾辭藻之文學。普通詩歌僅爲民間俚俗謳唱之產品，不似辭賦之辭采豐縟，雕章琢句，宜於點綴太平。且文士製賦，更可獵求功名。職是之故，漢代之辭賦遂日臻發達。

吾人今於文心雕龍詮賦篇中，略可窺見西漢作賦風氣之盛。文心云：

『漢初詞人，順流而作：陸賈扣其端，賈誼振其緒，枚馬同其風，王楊騁其勢。皋朔已下，品物畢圖，繁積於宣時，校閱成世，進御之賦，千有餘首。討其源流，信興楚而盛漢矣。』

陸賈賈誼二人，蓋漢初製賦最早者。其餘著名之賦家如枚乘，司馬相如等，皆在武帝時。外如枚皋，東方朔等，亦頗以賦著稱。宣帝，成帝時，賦更繁盛。惟漢賦作者之目的，既多懷文以干祿之意念，故文學之眞正價值方面，遂不復顧及。故其所產生結果，作品每每成爲堆砌辭藻，雕琢浮豔之華美文字，而文學欣賞之價值與趣味則大多低落。

今先略述漢代著名之賦家。

漢初之賦，賈誼等之作品，尚純爲楚辭式之性質。

賈誼，雒陽人。年十八，以能誦詩屬書，聞於郡中。吳廷尉爲河南守，聞其秀才，召置門下。文帝召以爲博士，是時賈生年二十餘，最少。每詔令議下，諸老先生不能言，賈盡爲之對。文帝悅之，一歲中，至大中大夫。後爲忌者所讒，謂誼雒陽之人，年少初學，專欲擅權，紛亂諸事。乃遷謫爲長沙王太傅。此時誼意甚抑鬱，聞長沙卑溼，自以爲不能長壽，乃渡湘水，作賦以弔屈原。弔屈原賦 後文帝因少子梁懷王幼，愛而好書，遂令賈誼往爲之傅。未久，懷王騎馬墮死，賈誼哭泣歲餘卒。年僅三十三。

誼嘗爲博士，故其議論文異常有名，如過秦論等，久已膾炙衆口。有賈長沙集 至於辭賦，則楚辭中有惜誓，相傳爲誼之作。惟惜誓首句爲『惜余年老且日衰兮，歲忽忽而不反，』不似年少者所創製。王逸亦謂：『惜誓者，不知誰所作也。或曰賈誼，疑不能明也。』惜誓而外，則有弔屈原賦及鵩鳥賦，亦頗有名。鵩鳥賦者，據史記謂楚人命鴞曰服，故名。今舉此賦之一段文字爲例：

愚士繫俗兮，窘若囚拘。至人遺物兮，獨與道俱。衆人惑惑兮，好惡積億。眞人恬漠兮，獨與道息。釋智遺形兮，超然自喪。寥廓忽荒兮，與道翺翔。乘流則逝兮，得坻則止。縱軀委命兮，不私與己。其生兮若浮，其死兮若休。澹乎若深淵之靜，泛乎若不繫之舟。不以生故自寶兮，養空而游。德人無累兮，知命不憂。細故蔕芥兮，何足以疑。

賈氏之作，以模擬屈騷者爲多，故亦被後人歸集入楚辭中。平心而論，其賦多半爲描寫自身懷才不遇鬱抑憤懣之感情，尙無雕琢豐縟之浮華氣味。

其次，當及嚴忌，枚乘。

嚴忌（本姓莊，後人避明帝諱。），會稽人。先事吳王濞，敗後，遊梁，與鄒陽，枚乘等居梁孝王門下。漢書藝文志稱其賦二十四篇，今僅餘哀時命一篇流傳。風調與之相近者，有淮南小山之招隱士，東方朔之七諫，王褒之九懷，劉向之九歎等，均可謂爲楚辭之餘音。今復舉招隱士一篇於下：

桂樹叢生兮山之幽，偃蹇連蜷兮枝相繚。山氣巃嵸兮石嵯峨，谿谷嶄巖兮水曾波。猨狖羣嘯兮虎豹嗥，攀援桂枝兮聊淹留。王孫遊兮不歸，春草生兮萋萋。歲暮兮不自聊，蟪蛄鳴兮啾啾。坱兮軋，山曲岪，心淹留兮恫慌忽。罔兮沕，憭兮栗，虎豹穴。叢薄深林兮人上慄。嶔岑碕礒兮碅磳磈硊，樹輪相糾兮林木茷骫。青莎雜樹兮，薠草靃靡。白鹿麏麚兮，或騰或倚。狀貌崟崟兮峨峨，淒淒兮漇漇。獼猴兮熊羆，慕類兮以悲。攀援桂枝兮聊淹留。虎豹鬬兮熊羆咆。禽獸駭兮亡其曹。王孫兮歸來，山中不可以久留。

枚乘，生於景帝時。字叔，淮陰人。爲吳王濞郎中。後去之梁。景帝平七國，召拜弘農都尉，以病去官。武帝卽位，以安車蒲輪徵之入都，道卒。

乘所著賦，漢書藝文志謂共九篇。現有柳賦，梁王菟園賦，七發等，而七發最有名。七發之結構，極似楚辭中之招魂，大招，顯係受諸篇之影響甚深。此種文體之結構，至爲簡單，而敍寫至爲浮誇，予後來之漢賦以絕大之影響。今將七發之各段，分析而略說之於下：

序：楚太子有疾，吳客往問之，以爲可以要言妙道說而去之。

第一段：吳客初以音樂說太子，琴聲雖異常淒美，然而太子病弗能聽。

第二段：繼以飲食說太子，美味珍饈，庖廚復精，而太子亦病弗能嘗。

第三段：更以駿馬名騎說太子，馬雖神駿，而太子病弗能乘。

第四段：再以宮苑池觀之樂導太子，復有賓客賦詩，美人侍宴，而太子病弗能遊。

第五段：又以游獵之樂說太子，太子之病雖未痊，然而已有起色。

第六段：於是吳客更以至廣陵曲江觀濤之說進，太子仍病不能興。

第七段：最後，吳客謂將爲太子奏方術之士，論天下之精微，理萬物之是非。太子據几而起，涊然汗出，霍然病已。

近人容肇祖（中國文學史大綱）謂七發：『由這種體製，遂成爲漢賦的一種傾向，就是弘麗的體製，謾誕的敘述，過度的描狀，誇張的鋪寫。其結構的來源亦是從楚辭裏出來的。』其觀察堪稱允當。後人摹倣七發之體製者極多（如七激七辯……），楚騷之作多爲主觀的抒寫悲哀憤激之辭，七發則完全爲客觀的描寫態度。此雖爲作賦者別闢蹊徑，然以其仍重藻砌，文學作品之眞實性較遜。斯亦不足矜貴視之。惟漢代風尚所趨，競喜枚馬，茲略引七發中之一節：

連廊四注，臺城層構，紛紜玄綠。輦道邪交，黃池紆曲。溷章白鷺，孔雀鶤鵠。鵷雛鵁鶄，翠鬣紫纓。螭龍德牧，邕邕羣鳴。陽魚騰躍，奮翼振鱗。漃漻薵蓼，蔓草芳苓。女桑河柳，素葉紫莖。苗松豫章，條上造天。梧桐并櫚，極望成林。衆芳芬鬱，亂於五風。從容猗靡，消息陽陰。列坐縱酒，蕩樂娛心。景春佐酒，杜連理音。滋味雜陳，肴糅錯該。練色娛目，流聲悅耳。

司馬相如之辭賦，在兩漢獨負盛譽。相如字長卿，蜀郡成都人。史記稱述之云：

『少時，好讀書，學擊劍，故其親名之曰犬子。相如既學，慕藺相如之爲人，更名相如。』

後更以貲爲郎，仕景帝武騎常侍。因景帝不好辭賦，相如未能展其所長，因病免。遊梁，與梁孝王門下鄒陽枚乘嚴忌等相善。著子虛賦，頗受知於孝王。未幾，孝王卒。相如返里後，家貧，無法圖存，往歸臨邛令王吉。後宴於臨邛富室卓王孫家。史記更云：

『是時卓王孫有女文君新寡，好音。故相如繆與令相重，而以琴心挑之。相如之臨邛，從車騎雍容閒雅甚都。及飲卓氏，弄琴。文君竊從戶窺之，心悅而好之，恐不得當也。旣罷，相如乃使人重賜文君侍者，通殷勤。文君夜亡奔相如。』

相如卽偕文君相馳歸家，家徒四壁，困苦不能謀生。文君遂勸相如，又偕回臨邛。盡賣其車騎，買一酒舍，酤酒，而令文君當鑪。相如身自著犢鼻褌，與保庸雜作，滌器於市中。卓王孫聞而恥之，爲杜門不出。後不得已，復分給文君僮百人，錢百萬，及嫁時衣被財物。文君乃與相如歸成都，買田宅治產爲富人。武帝讀相如子虛賦，恨不得與之同時。隨侍武帝之狗監楊得意便云：其人爲司馬相如，與己同邑。武帝召見相如，相如爲上林賦，因得任郞數年。後因通使西南夷，相如拜爲孝文園令。後又病免，家居茂陵，卒。

相如在西漢可稱爲最大之辭賦家。其人格雖不足取，而作品則甚能得當時人主之非常感動。如相傳武帝讀子虛賦，恨不得與之同時，而長門賦竟能使武帝與陳后再得寵幸，破鏡重圓。長門賦事，清人考據者或辨其無此事。惟其大人賦本欲諫勸武帝佞信神仙，而結果武帝竟『大說，飄飄有凌雲之氣，似遊天地之間意』史記，則其諷諫所言亦不過如博弈清客之談言微中耳。

相如所著有子虛賦，上林賦，美人賦，長門賦，哀秦二世賦，大人賦等篇。漢書藝文志載有相如賦二十九篇，大多今已失傳。相如之辭賦，淫靡浮豔，堆疊成篇，專爲獻媚帝王，完全無描寫自身心情個性之作品。不過侈麗閎衍，詞藻典雅而已。惟其客觀描寫之天才，則可譽爲獨步一時。

今且舉其描寫棄婦失戀後之怨情最佳之長門賦一段爲例：

日黃昏而望絕兮，悵獨託於空堂。懸明月以自照兮，徂清夜於洞房。援雅琴以變調兮，奏愁思之不可長。按流徵以卻轉兮，聲幼妙而復揚。貫歷覽其中操兮，意慷慨而自卬。左右悲而垂淚兮，涕流離而縱橫。舒息悒而增欷兮，蹝履起而彷徨。揄長袂以自翳兮，數昔日之諐殃。無面目之可顯兮，遂頹思而就牀。摶芬若以爲枕兮，席荃蘭而茝香。忽寢寐而夢想兮，魄若君之在旁。惕寤覺而無見兮，魂迋迋若有亡。衆雞鳴而愁予兮，起視月之精光。觀衆星之行列兮，畢昴出於東方。望中庭之藹藹兮，若季秋之降霜。夜曼曼其若歲兮，懷鬱鬱其不可再更。澹偃蹇而待曙兮，荒亭亭而復明。妾人竊自悲兮，究年歲而不敢忘！

容肇祖之評相如之賦云：『相如的賦，其靡麗較枚乘爲尤甚。子虛賦臚列地方物產等，幾若有韻之地理志。如子虛賦之說雲夢，其山則什麼，其水則什麼，其土則什麼，其石則什麼，其東則什麼，所有物產地勢，鳥獸草木等，無不畢載。不問是否合於實際，都牽拉上去寫出來了。他先寫子虛說楚，再寫烏有先生說齊，再寫亡是公說上林。詞極膚淺而意主誇張，這種賦體影響後來的賦家，像揚雄，班固，張衡，左思諸人俱受其影響。賦體到了司馬相如，眞可以說是集賦體的大成了。』——中國文學史大綱，第十五章。其說頗可參攷，用附錄於是，以爲習讀相如賦者觀覽焉。

東方朔，字曼倩，平原厭次人，與司馬相如同時。武帝詔拜以爲郎。曼倩爲人，異常詼諧可喜，故其作品亦復富於此種風趣。現今留存者，尚有七諫，客難，非有先生等篇。

董仲舒，廣川人。孝景時爲春秋博士。武帝卽位，以爲江都相。後爲公孫弘所忌，遷膠西王相。仲舒恐獲罪，以疾免居家。仲舒爲人，不治生產，專修學治經著書，爲經學史中之重要人物，著述有春秋繁露等書。所著辭賦，有士不遇賦等。

嚴助，爲嚴忌子，武帝時爲中大夫，後拜會稽守。漢書藝文志中，稱有賦三十五篇。

枚皋，枚乘之子，字少孺。武帝時爲郎。皋爲人亦喜詼諧，能賦頌，文思極爲敏捷，時人以之並擬東方曼倩。製賦極多，漢書藝文志稱其有賦百二十篇，可謂爲西京辭賦家中產量最多者。

武帝以後，辭賦之作家仍甚衆多。

王褒，字子淵，蜀人，爲宣帝諫議大夫。其所爲辭賦，善用駢儷對偶，最著名者爲洞簫賦。漢志稱其有賦十六篇。子淵嘗爲有韻之白話賦一篇，曰僮約，爲戲擬之買奴劵文，內容異常滑稽。初學記，太平御覽，藝文類聚，續古文苑均采入。細玩僮約之白話賦體，或者西漢間民間之作賦格式亦不外是，而其所采錄之語言，亦必與當時流行之白話孔邇。近年敦煌出現之寫本韓朋賦，晏子賦等，其時代約在唐以前或更早至蕭梁之前，見容肇祖敦煌本韓朋賦考 則其來源或竟與僮約諸作有密切之關係，則尚有待於吾人之考覈也。

茲將僮約略錄於下：

神爵三年正月十五日，資中男子王子淵從成都安志里楊惠買亡夫時戶下髯奴便了，決賈萬五千。奴當從百役使，不得有二言：晨起早掃，食了洗滌，居當穿臼縛帚，裁盂鑿斗，……織履作麤，黏雀張烏，結網捕魚，繳雁彈鳧，登山射鹿，入水捕龜。……舍中有客，提壺行酤，汲水作餔，滌杯整桉，園中拔蒜，斷蘇切脯。……已而蓋藏，關門塞竇，餧豬縱犬，勿與鄰里爭鬥。奴但當飯豆飲水，不得嗜酒。欲飲美酒，唯得染脣漬口，不得傾盂覆斗。不得辰出夜入，交關伴偶。舍後有樹，當裁作船，上至江州，下到湔，……往來都洛，當爲婦女求脂澤，販於小市，歸都擔枲，轉出旁蹉，牽犬販鵝，武都買茶，楊氏擔荷。……持斧入山，斷輮裁轅，若有餘殘，當作俎几木屐彘盤。……日暮欲歸，當送乾薪兩三束。……奴老力索，種莞織席，事訖休息，當舂一石。夜半無事，浣衣當白。……奴不得有姦私，事事當關白。奴不聽教，當笞一百。

讀劵文適訖，詞窮詐索，仡仡叩頭，兩手自搏，目淚下落，鼻涕長一尺。審如王大夫言，不如早歸黃土陌，丘蚓鑽額。早知當爾，爲王大夫酤酒，眞不敢作惡。

劉向亦爲著名之辭賦家，字子政，漢之宗室。向甚崇儒術，著有新序十卷，說苑二十卷等。漢書藝文志稱其有賦三十三篇，現存者僅得九歎一篇。

揚雄可稱爲西漢最後之辭賦家，字子雲，蜀郡成都人。子雲之賦，鮮有創作精神。成帝召見，獻甘泉，長楊賦，卽摹擬司馬相如之上林，子虛賦而作。讀離騷，卽著反離騷，均不能表現作者本身之個性。王莽篡位，仕大中大夫，卒年七十一。其辭賦最著者，如甘泉賦，河東賦，羽獵賦，長楊賦，解嘲，解難，反離騷等等。此外，著有法言十三卷，太玄經九卷，方言十三卷，訓纂篇一卷，蜀王本紀一卷，琴淸英一卷，又集五卷。除方言一書較有特色外，大率好模擬古賢。且因多識古文奇字，點綴文字間，不惜以艱深文其淺陋，實無獨立之思想及濃摯之情緒也。

東漢辭人之稱大家者，班固字孟堅，扶風安陵人。明帝時爲典校祕書，後隨竇憲征匈奴敗，被捕死獄中。固曾摹效司馬遷之史記爲前漢書，爲歷史上極著名之國史家。所著辭賦，以兩都賦爲最著。

張衡，字平子，南陽人。順帝時爲河間相，所著以兩京賦思玄賦爲最著。兩京賦十年始完成，尤有名。

蔡邕，字伯喈，陳留人。靈帝時拜郎中，尋以事免。董卓辟爲祭酒，累遷至中郎將。後以卓黨死獄中，其辭賦可稱爲東漢殿軍。

除上述所舉漢賦作家之外，兩京作者，餘如鄒陽，朱買臣，吾丘壽王，張子僑，馮衍，崔篆，崔駰，王逸，趙壹等，均甚有名。惟此種辭賦家所著之辭賦，實際上已近於倡優博弈，專供人主之玩賞不唯失去文學家之氣節，更失去賦體在文學上之價值。其富麗堂皇之辭賦，目的僅爲博得一官半職之利倖。此種堆砌字藻，敷陳製成之作品，又安能免於『文以干祿』之譏誚乎？

與漢賦關係綦深，由於韻文詩之轉變，而連帶敘述本事者，厥爲故事賦之產生。欲明故事賦之產生，先宜明瞭賦之意義。漢志嘗云：『不歌而頌謂之賦，』賦復有敷陳其事之義，則亦甚便於朗誦及參驗舊事。如春秋戰國間之賦詩，即含此種意義，而荀卿賦禮智，賈誼悲鵩鳥，亦均設爲對問之辭。司馬相如之賦，更託子虛烏有亡是諸主名爲對答。其後，此種賦體更形進步，即用歷史上之人物姓名，憑虛構造，依傍故事。此種賦大約由一般無名文人創始，因其所說者爲文人之故事，故其後故事中之主名，往往被誤認爲文章之作者。此種賦之故事常自成段落，其間精神所著重之處，每盡量描模，透切說出，甚含詩意。故其文體常介乎詩與小說之間。

故事賦最早者，爲敘述宋玉故事之神女賦，高唐賦，登徒子好色賦等九篇。其時代大約與司馬相如相近，一切說宋玉之故事，皆被誤指爲宋玉所作，此種作品，後來影響所及，有名文人亦均仿作（如傅毅舞賦託之宋玉作是），正崔東壁所謂『其時遠，其作者之名不傳，則遂以爲宋玉之所作耳。』神女賦，高唐賦，登徒子好色賦等，爲甚進步之賦體。其敘述且甚能顯出作者之異常機警與修辭之技巧。如登徒子好色賦，敘宋玉對楚王自稱不好色，則云：

天下之佳人，莫若楚國，楚國之麗，莫若臣里，臣里之美者，莫若臣東家之子。增之一分則太長，減之一分則太短，著粉則太白，施朱則太赤，眉如翠羽，肌如白雪，腰如束素，齒如含貝。嫣然一笑，惑陽城，迷下蔡。然此女登牆闚臣三年，至今未許也。登徒子則不然，其妻蓬頭攣耳，齞脣歷齒，旁行踽僂，又疥且痔，登徒子悅之，使有五子。王孰察之，誰爲好色者矣？

又如神女賦描寫神女之美麗，亦饒趣味。如：

其始來也，耀乎若白日初出照屋梁。其少進也，皎若明月舒其光。須臾之間，美貌橫生。曄兮如華，溫乎如瑩。五色並馳，不可殫形。詳而視之，奪人目精。其盛飾也，則羅紈綺繢盛文章，極服妙采照萬方。振繡衣，被袿裳，襛不短，纖不長。步裔裔兮曜殿堂。忽兮改容，婉若遊龍乘雲翔。嫷被服，侻薄裝。沐蘭澤，含若芳。性和適，宜侍旁。順序卑，調心腸。

此種修辭之格式，影響後世小說之描寫方法甚大。

本章參考書：

中國文學史新編　張長弓（開明）

中國文學史大綱　容肇祖（開明）

中國文學史分論　張振鏞（商務）

插圖本中國文學史　鄭振鐸（樸社）

第七章　漢代之民歌

漢代之民歌，在當時稱之爲樂府詩。說者輒謂樂府詩變自楚騷，其實則多由三百篇中來。元時李孝先云：『郊祀若頌，鐃歌鼓吹若雅，琴曲雜詩若國風。』」（胡應麟詩藪卷一所引）如郊祀歌中多用典實，並以爲愈實愈典，與頌語之多典實蓋如出一轍耳。

至謂樂府詩之長短句體肇源楚騷，實則不然。蓋三百篇中雖以四言詩爲正體，而雜言長短句者亦非少數。周南之螽斯，召南之行露，江有汜，鄘風之桑中……等，所在皆是。故樂府詩之雜言，決非單純感受楚騷『些』『只』之影響，實可以斷言者。至欲詳考其影響淵源之所自出，則於三百篇固自爲民歌所肇祖宜多所留察外，漢武帝廣拓塞外，羌狄歌曲之輸入，實亦與當時民歌有甚大之關係。日人鈴木虎雄嘗有論著漢武帝樂府與塞外歌曲，茲篇不更博加徵引矣。

樂府詩之興起也，其產生之步驟實可分爲三時期：漢初創設樂府之醞釀，一也；武帝廣加采輯之發展，二也；漢末樂府之繼續存在，三也。

漢初，詔秦之樂官制氏，定禮樂章儀。厥後，制氏更司雅樂，叔孫通制宗廟之樂。大抵高祖之世，舞樂悉因秦之舊制。唐山夫人又作房中祠樂十七章。然其時樂府之名尙未定。漢書高祖本紀稱：『高祖還過沛，留，置酒沛宮，悉召故人父老子弟縱酒，發沛中兒得百二十人，教之歌，酒酣，高祖自擊筑，自爲歌曰：「大風起兮雲飛揚，威加海內兮歸故鄉，安得猛士兮守四方？」令兒皆和習之。高祖乃起舞，慷慨傷懷，泣數行下。』史記稱高祖爲人，『不喜儒，諸客冠儒冠來者，輒解其冠，溺其中。與人言，常大罵。』故其所製歌曲，眞摯感人，如大風之唱，雖寥寥二十餘字，形容富貴還鄉之喜樂，與驟得天下後患得患失之心理，流露盡致。孝惠五年，思高祖，在沛祭於高祖之廟。高祖所教兒百二十人皆令爲吹樂，後有缺，輒補之。

樂府之名，始于惠帝二年，以夏侯寬爲樂府令。然是否開創，其制度如何，史書未甚詳載，要以保存房中祠樂，昭容樂，禮容樂，宗廟樂等貴族樂歌爲主。至武帝時，而樂府之制遂大備。

武帝距漢興已七十餘年，國勢富強，家給人足，遠非文景崇尚黃老修養生息之際所能比擬。武帝復好大喜功，以武力開拓四方，遠征匈奴，交通西域，均爲曠古未有之盛事。武帝更欲誇示其功業，於是始立后土之祠於汾陰之脽上。此種祭祀，蓋源於周代之祭大乙，配祭明堂，楚之祭神，以及秦始皇之封泰山。入漢遂承繼其制，而更有樂府之創製。

漢書禮樂志云：『至武帝定郊祀之禮，祀大乙於甘泉，就乾位也。祭后土於汾陰澤中，方丘也。乃立樂府，采詩夜誦，有趙代秦楚之謳。以李延年爲協律都尉。多舉司馬相如等數十人造爲詩賦，略論律呂，以合八音之調。作十九章之歌，以正月上辛用事甘泉圜丘。』

樂府成立後，廣收趙代秦楚之謳，其收輯之方法雖不得詳知，要之與周代輯集之三百篇，頗有似處。其所收蓋以當代民歌爲主，據漢書藝文志所載有：『楚，汝南歌詩十五篇。燕代謳，雁門雲中隴西歌詩九篇，邯鄲河間歌詩四篇，齊，鄭歌詩四篇，淮南歌詩四篇……』等。而李延年亦見於漢書佞幸傳：

李延年，中山人，身及父母兄弟皆故倡也。延年坐法腐刑，給事狗監中。女弟得幸於上，號李夫人，列外戚傳。延年善歌，爲新變聲。是時，上方興天地諸祠，欲造樂，令司馬相如等作詩頌。延年輒承意弦歌所造詩，爲之新聲曲。……延年與上臥起，其愛幸埒韓嫣。久之，延年弟季與中人亂出入驕恣，及李夫人卒後，其愛弛。上遂誅延年兄弟宗族。

延年嘗在武帝前起舞，歌曰：『北方有佳人，絕世而獨立，一顧傾人城，再顧傾人國。寧不知傾城與傾國，佳人難再得！』武帝喜，嘆息曰：『善世豈有此人乎？』平陽主因言延年有女弟，上乃召見之。實妙麗善舞，由是得幸。故樂府由延年等人主持之下，保存古代民間曼美之歌辭，實甚繁多。

樂府之分類，通常多以郭茂倩樂府詩集所定之（一）郊廟歌辭（二）鼓吹曲辭（三）橫吹曲（四）相和歌辭（五）舞曲歌辭（六）集曲歌辭爲準則。近人梁啓超主張清商曲宜脫離相和歌而獨立（其分爲郊廟歌、燕射歌、舞曲、鼓吹曲、橫吹曲、相和曲、清商曲、雜曲、等八類），其說甚覺新穎。蓋據通志樂略，平調，淸調，瑟調，皆周房中曲。漢世謂之三調。又有楚調，側調。楚調者，漢房中樂也。漢高帝樂楚聲，故房中樂皆用楚聲。側調生於楚調，與前之三調，總謂之相和。據此，則清調實包含於相和之內。而梁啓超譏之曰：『鄭樵有一大錯誤者，在清商與相和混爲一談。故於相和歌三十曲以外，復列相和平調，清調，瑟調，楚調四種，而清商則僅列七曲，附三十三曲，皆南朝新歌。一若漢魏只有相和，別無清商者。殊不知惟清商爲有清平瑟三調，而相和則未聞有之。凡樵據王僧虔伎錄所錄五十一曲，皆清商也。宋書樂志云：相和，漢舊曲也。絲竹更相和，執節者歌。本十七曲，朱生宋識列和等合之爲十三曲。此十三曲，宋志全錄。至於清商，則杜佑通典云：「清商三調，並漢世以來舊曲。歌章古調，與魏三祖所作者，皆備於史籍。」佑所謂史籍，即指宋志也。宋志錄完相和十三曲之後，另一行云：「清商三調歌詩，荀勖撰舊詞施用者。」此下即分列平調六曲，清調六曲，瑟調八曲，則此三調皆屬於清商甚明。而鄭樵讀宋志時，似將清商三調荀勖撰一行滑眼漏掉，漫然將宋志卷二十一所錄諸歌，全部歸入相和，造出「相和平調」等名目。於是本來僅有十三曲之相和，無端增出數十曲；本來有數十曲之清商，除吳聲七曲外，漢魏歌辭一首均無。樵亦自知不可通，於是復曲爲之說，謂「漢所謂清商者，但尚其音耳，晉宋間始尙辭；觀吳兢所纂七曲，皆晉宋間曲也。」殊不知清商三曲，本惟其音，不惟其辭。鄭樵謂漢但尙音，實則晉宋何嘗非尙音？又謂晉宋尙辭，實則晉宋間辭已逐漸散亡。大抵清商割地，始自吳兢，而鄭樵郭茂倩沿其誤。今據王僧虔沈約所記載，復還其舊。又宋志於三調之外，復有所謂大曲及楚調。其性質如何，雖難確考，既王僧虔以類相次，則宜並屬清商。』陸侃如中國詩史引梁氏未刊稿，觀夫梁氏之說，則清商調宜脫離相和而獨立，所謂平調清調瑟調楚調及大曲等，皆歸於清商。梁氏新說，考據甚精，然明胡應麟已先云：『今欲擬樂府，當先辨其時代，覈其體裁，郊祀不可爲鐃歌，鐃歌不可爲相和，相和不可爲清商。』詩藪卷一雖未加以覈明，固已主相和與清商之原非一體矣。

今請更略釋各種樂府詩之內容。郊廟歌用以祭祀，頗類同於三百篇之周頌。祭祀祖先者曰廟，祭祀祖先以外諸神者曰郊。如房中祠樂，即漢高祖時祭祀祖先所歌之一種。武帝時司馬相如等所爲之十九章，即祭祀祖先以外諸神之郊祀歌也。

燕射歌辭今全亡佚。據樂府詩集所錄，大約有親四方之賓而用之燕享樂，有親故舊朋友而用之大射樂，有親宗族兄弟而用之食舉樂等三類。惟食舉樂之篇目尚可考見。舞曲所存歌辭亦少，要皆爲貴族作品，於文學史上並無特殊之價值可言。

鼓吹橫吹均爲塞外歌調，鐃歌十八曲即鼓吹曲之篇章。後鼓吹分而爲二，有簫笳者爲鼓吹，於朝會道路用之；有鼓角者爲橫吹，於軍中馬上用之。晉書樂志惟歌辭均已無存。

相和歌清商曲，爲漢代樂府中之主要部分。相和歌爲『絲竹更相和，執節者歌』宋書樂志，清商之調則以商爲主魏志，魏文帝燕歌行所謂『援琴鳴絃發清商，短歌微吟不能長』者近是。雜曲爲以上諸種未提及之篇目如馬援武溪行幸延年羽林郎等是。

吾人研究相和清商兩部分作品之內容，可概括之如次：

清商相和歌辭

1 社會的——如東門行，上留田行，
2 戰爭的——如從軍行，飲馬長城窟，
3 戀情的——如陌上桑，白頭吟，豔歌行，
4 道德的——如猛虎行，君子行之類。
5 其　他——如江南可采蓮

晉書樂志有云：『凡樂章古辭，今之存者，並漢世街陌謠謳。江南可采蓮，烏生十五子，白頭吟之屬也。』此種民歌，辭句均極樸素自然，如江南可采蓮，其風趣極近詩經之芣苢及卜辭之『其自東來雨』一例見前。不見卜辭中重疊反覆之辭句，不知江南可采蓮諸例之淵源所自。

江南可采蓮

江南可采蓮，蓮葉何田田！魚戲蓮葉間。
魚戲蓮葉東，魚戲蓮葉西，魚戲蓮葉南，魚戲蓮葉北。

上留田行

居世一何不同？上留田。
富人食稻與粱，上留田。

貧人食糟與糠，上留田。
貧賤亦何傷？上留田。
祿命懸在蒼天，上留田。
今爾歎息，將欲誰怨？上留田。

此種民歌，多取音樂聲調之和諧可聽，殊無何種深刻意義可言。上留田行歎貧富生活之懸殊，發為不平之鳴，每行句尾『上留田』三字，其用在於諧韻。郭茂倩樂府詩集（卷三十八）中，以為魏文帝曹丕作，恐不能確信。此大約為漢代街陌謳謠，經過魏文之修潤，因以留傳。觀其樸實自然之趣致，吾人固可信其必出於民間也。

戰城南為反抗戰爭極有價值之民間歌謠。內容描寫，異常動人：

戰城南，死郭北，野死不葬烏可食。
為我謂烏：『且為客豪。野死諒不葬，腐肉安能去子逃？』
水深激激，蒲葦冥冥。梟騎戰鬭死，駑馬裴徊鳴。
梁築室，何以南？何以北？禾黍不獲君何食？願為忠臣安可得？
思子良臣。良臣誠可思！朝行出攻，暮不夜歸！

與戰城南同樣寫戰爭慘暴者，尚有十五從軍征：

十五從軍征，八十始得歸。道逢鄉里人：『家中有阿誰？』『遙望是君家，松柏冢纍纍；兔從狗竇入，雉從梁上飛。中庭生旅穀，井上生旅葵。』烹穀持作飯，采葵持作羹。羹飯一時熟，不知貽阿誰？出門東向望，淚落沾我衣。

漢代平民歌謠中，寫男女戀情之艷歌者亦甚多。如上邪：

上邪！我欲與君相知，長命無絕衰。

山無陵，江水爲竭，冬雷震震，夏雨雪，

天地合，乃敢與君絕！

有所思所寫亦殊動人：

有所思，乃在大海南。何用問遺君？雙珠玳瑁簪，用玉紹繚之。聞君有他心，拉雜摧燒之。摧燒之，當風揚其灰！從今以往，勿復相思！相思與君絕。雞鳴狗吠，兄嫂當知之。妃呼豨！秋風肅肅晨風颸，東方須與高知之。

又如艷歌行：

翩翩堂前燕，冬藏夏來見。兄弟兩三人，流宕在他縣。故衣誰當補？新衣誰當綻？賴得賢主人，覽取爲吾組。夫壻從門來，斜柯西北眄。『語卿且勿眄：水清石自見。』石見何纍纍！遠行不如歸。

相傳辛延年嘗製羽林郎，亦爲描寫艷情者，正宜歸入平民文學之疆界：

昔有霍家姝，姓馮名子都。依倚將軍勢，調笑酒家胡。

胡姬年十五，春日獨當壚。長裾連理帶，廣袖合歡襦，頭上藍田玉，耳後大秦珠。兩鬟何窕窕，一世良所無，一鬟五百萬，兩鬟千萬餘。不意金吾子，娉婷過我廬，銀鞍何煜爚，翠蓋空踟躕。就我求清酒，絲繩提玉壺，就我求珍肴，金盤鱠鯉魚，貽我青銅鏡，結我紅羅裾。『不惜紅羅裂，何論輕賤軀。男兒愛後婦，女子重前夫，人生有新故，貴賤不相踰。多謝金吾子，私愛徒區區！』

而陌上桑一首，更可讚美之爲艷歌中無上之作。

日出東南隅，照我秦氏樓。秦氏有好女，自名爲羅敷。羅敷善蠶桑，採桑城南隅。青絲爲籠系，桂枝無籠鈎。頭上倭墮髻，耳中明月珠，緗綺爲下裙，紫綺爲上襦。行者見羅敷，下擔捋髭鬚，少年見羅敷，脫帽著帩頭。耕者忘其犂，鋤者忘其鋤，來歸相怨怒，但坐觀羅敷。

使君自南來，五馬立踟躕。使君遣吏往，問是誰家姝。『秦氏有好女，自名爲羅敷。』『羅敷年幾何？』『二十尚不足，十五頗有餘。』使君謝羅敷：『寧可共載不？』羅敷前致辭：『使君一何愚！使君自有婦，羅敷自有夫。』

東方千餘騎，夫壻居上頭。何用識夫壻？白馬從驪駒，青絲繫馬尾，黃金絡馬頭，腰中鹿盧劍，可值千萬餘。十五府小史，二十朝大夫，三十侍中郎，四十專城居。爲人潔白晳，鬑鬑頗有鬚。盈盈公府步，冉冉府中趨。坐中數千人，皆言夫壻殊。

吾人觀夫陌上桑羽林郎文字之樸實摯懇，其靈動之描寫及自然活潑之聲韻美，均能充分表現民歌之眞精神。此種民歌中，尙有多首係描寫社會情形及家庭間生死別離之苦痛者。如東門行：

出東門，不顧歸。來入門，悵欲悲。盎中無斗儲，還視桁上無懸衣。拔劍出門去，兒女牽衣啼。『他家但願富貴，賤妾與君共餔糜。上用滄浪天，故下爲黃口小兒！今時淸廉難犯教言，君復自愛莫爲非！今時淸廉難犯教言，君復自愛莫爲非！行無去爲遲，平愼行！望君歸。』

最悲哀動人者，莫如孤兒行：

孤兒生。孤子遇生，命當獨苦。父母在時，乘堅車，駕駟馬。父母已去，兄嫂令我行賈。南到九江，東到齊與魯。臘月來歸，不敢自言苦。頭多蟣蝨，面目多塵。大兄言辦飯，大嫂言視馬。上高堂，行取殿下堂，孤兒淚下如雨。使我朝行汲，暮得水來歸，手爲錯，足下無菲。愴愴履霜，中多蒺藜。拔斷蒺藜，腸肉中愴欲悲。淚下渫渫，淸涕纍纍。冬無複襦，夏無單衣。居生不樂，不如早去，下從地下黃泉。春風動，草萌芽。三月蠶桑，六月收瓜。將是瓜車，來到還家。瓜車反覆，助我者少，啗瓜者多。『願還我蒂！獨且急歸。兄與嫂嚴，當興校計。』

亂曰：里中一何譊譊！願欲寄尺書，將與地下父母，『兄嫂難久居。』

單就描寫技術而觀察之，上山採蘼蕪尤爲其中之特色：

上山採蘼蕪，下山逢故夫。長跪問故夫：『新人復何如？』『新人雖好言，未若故人姝。顏色類相似，手爪不相如。新人從門入，故人從閤去。新人工織縑，故人工織素。織縑日一匹，織素五丈餘。將縑來比素，新人不如故！』

此詩僅用八十餘字，寫一家新舊夫婦三口之情景如畫，使人一讀卽痛怨彼較計錙銖貪利之故夫，此爲何等經濟之文學手腕！

漢代之民間歌謠，無論形式上或技巧上，俱曾獲得鉅大之成功。就故事體裁方面而論，孤兒行，上山採蘼蕪皆爲寫一個人或一家人之故事。陌上桑更進步至純粹脫離單簡之民歌而爲整齊完美之故事詩。然則更偉大之傑構如孔雀東南飛之產生於東漢末季，是爲漢代民歌數百年來不斷發展繼續而生之果實無疑已！東漢樂府詩作者，據郭茂倩所錄雜曲，有馬援之武溪深行，傅毅之冉冉孤生竹行，張衡之同聲歌，辛延年之羽林郎，宋子侯之董嬌饒，繁欽之定情詩，而無名氏之作亦復甚衆。近人梁啓超以爲孔雀東南飛之故事雖發生於漢代，但未必卽爲當時所作。梁氏主張孔雀東南飛一類之作品，皆起於六朝，並受佛教文學之影響。陸侃如則根據華山畿之神話以爲應作於宋少帝至徐陵（四二三——五八三）間。陸君並引文中『青廬』一詞見酉陽雜俎以爲北朝民間結昏所用，而『四角龍子幡』一句，則又證爲南朝典實。其說本身已有矛盾之處見胡適白話文學史上卷。胡適則以為此詩當離建安不遠，引魏文帝删改民間歌謠而成之臨高臺『五里一反顧，六里一徘徊。吾欲銜汝去，口噤不能開』數語爲據，並謂歷魏，晉，宋，齊之諸大文學批評家如劉勰鍾嶸等，受時代之影響，俱未能識賞此參有鄙俚字句之長篇，故經三百餘年始收入玉臺新詠中，方有最後之寫定，因展轉之口耳流傳，遂增入不少如『青廬』等之本地風光。此說或較可信。原詩有小序云：

漢末建安中，廬江府小吏焦仲卿妻劉氏爲仲卿母所遣，自誓不嫁。其家逼之，乃沒水而死。仲卿聞之，亦自縊於庭樹。時人傷之，爲詩云爾。

孔雀東南飛

孔雀東南飛，五里一徘徊。

十三能織素，十四學裁衣，十五彈箜篌，十六誦詩書，十七爲君婦，心中常苦悲。君既爲府吏，守節情不移，賤妾留空房，相見常自稀，彼意常依依。雞鳴入機織，夜夜不得息，三日斷五匹，大人故嫌責。非爲織作遲，君家婦難爲。妾不堪驅使，徒留無所施，便可白公姥，及時相遣歸。

府吏得聞之，堂上啓阿母：『兒已薄祿相，幸復得此婦，結髮同枕席，黃泉共爲友，共事二三年，始爾未爲久。女行無偏斜，何意致不厚？』阿母謂府吏：『何乃太區區？此婦無禮節，舉動自專諸，吾意久懷忿，汝豈得自由！東家有賢女，自名秦羅敷。可憐體無比，阿母爲汝求。便可速遣之！遣去愼莫留！』府吏長跪告：『伏維啓阿母，今若遣此婦，終老不復取。』阿母得聞之，槌床便大怒：『小子無所畏，何敢助婦語！吾已失恩義，會不相從許。』府吏默無聲，再拜還入戶，舉言謂新婦，哽咽不能語。『我自不驅卿，逼迫有阿母！卿且暫還家，吾今且報府，不久當歸還，還必相迎取。以此下心意，愼勿違我語！』新婦謂府吏：『勿復重紛紜。往昔初陽歲，謝家來貴門，奉事循公姥，進止敢自專？晝夜勤作息，伶俜縈苦辛。謂言無罪過，供養卒大恩。仍更被驅遣，何言復來還？妾有繡腰襦，葳蕤自生光，紅羅復斗帳，四角垂香囊，箱簾六七十，綠碧青絲繩，物物各自異，種種在其中。人賤物亦鄙，不足迎後人，留待作遺施，於今無會因！時時爲安慰，久久莫相忘！』

鷄鳴外欲曙，新婦起嚴粧，著我繡裌裙，事事四五通；足下躡絲履，頭上玳瑁光；腰若流紈素；耳著明月璫；指如削葱根；口如含珠丹；纖纖作細步，精妙世無雙。上堂拜阿母，阿母怒不止。『昔作女兒時，生小出野里，本自無教訓，兼愧貴家子。受母錢帛多，不堪母驅使，今日還家去，念母勞家裏。』却與小姑別，淚落連珠子。『新婦初來時，小姑始扶床；今日被驅遣，小姑如我長，勤心養公姥，好自相扶將。初七及下九，嬉戲莫相忘！』出門登車去，涕落百餘行。

府吏馬在前，新婦車在後，隱隱何甸甸，俱會大道口。下馬入車中，低頭共耳語：『誓不相隔卿，且暫家家去。吾今且赴府，不久當還歸，誓天不相負！』新婦謂府吏：『感君區區懷。君既若見錄，不久望君來。君當作盤石，妾當作蒲葦；蒲葦紉如絲，盤石無轉移。我有親父兄，性行暴如雷，恐不忍我意，逆以煎我懷。』舉手長勞勞，二情同依依。

入門上家堂，進退無顏儀。阿母大拊掌：『不圖子自歸！十三教汝織，十四能裁衣，十五彈箜篌，十六知禮儀，十七遣汝嫁，謂言無誓違。汝今何罪過，不迎而自歸？』『蘭芝慚阿母，兒實無罪過。』阿母大悲摧。

還家十餘日，縣令遣媒來。云：『有第三郎，窈窕世無雙，年始十八九，便言多令才。』阿母謂阿女：『汝可去應之。』阿女含淚答：『蘭芝初還時，府吏見丁寧，結誓不別離；今日違情義，恐此事非奇；自可斷來信，徐徐更謂之。』阿母白媒人：『貧賤有此女，始適還家門，不堪吏人婦，豈合令郎君？幸可廣問訊，不可便相許。』

媒人去數日，尋遣丞請還。說：『有蘭家女，承籍有宦官。云有第五郎，嬌逸未有婚，遣丞爲媒人，主簿通語言，直說太守家，有此令郎君。既欲結大義，故遣來貴門。』阿母謝媒人：『女子先有誓，老姥豈敢言。』

乃兄得聞之。悵然心中煩，舉言謂阿妹：『作計何不量！先嫁得府吏，後嫁得郎君，否泰如天地，足以榮自身。不嫁義郎體，其往欲何云？』蘭芝仰頭答：『理實如兄言。謝家事夫壻，中道還兄門，處分適兄意，那得自任專？雖與府吏要，渠會永無緣。登卽相許和，便可作婚姻。』

媒人下床去，諾諾復爾爾，還部白府君：『下官奉使命，言談大有緣。』府君得聞之，心中大歡喜，視曆復開書：便利此月內，六合正相應，良吉三十日。『今已二十七，卿可去成婚。』

交語速裝束，絡繹如浮雲。青雀白鵠舫，四角龍子幡，婀娜隨風轉；金身玉作輪，躑躅青驄馬，流蘇金縷鞍；齎錢三百萬，皆用青絲穿；雜彩三百匹，交廣市鮭珍；從人四五百，鬱鬱登郡門。

阿母謂阿女『適得府君書，明日來迎汝，何不作衣裳？莫令事不舉。』阿女默無聲，手巾掩口啼。淚落便如瀉。移我琉璃榻，出置前窗下。左手持刀尺，右手持綾羅；朝成繡裌裙，晚成單羅衫；晻晻日欲暝，愁思出門啼。

府吏聞此變，因求假暫歸。未至二三里，摧藏馬悲哀。新婦識馬聲，躡履相逢迎，悵然遙相望，知是故人來。舉手拍馬鞍，嗟嘆使心傷。『自君別我後，人事不可量。果不如先願，又非君所詳。我有親父母，逼迫兼弟兄，以我應他人，君還何所望？』府吏謂新婦：『賀君得高遷！盤石方且厚，可以卒千年；蒲葦一時紉，便作旦夕間。卿當日勝貴，吾獨向黃泉！』新婦謂府吏：『何意出此言！同是被逼迫，君爾妾亦然。黃泉下相見，勿違今日言。』執手分道去，各各還家門。生人作死別，恨恨那可論？念與世間辭，千萬不復全。

府吏還家去，上堂拜阿母：『今日大風寒，寒風摧樹木，嚴霜結庭蘭。兒今日冥冥，令母在後單。故作不良計，勿復怨鬼神。命如南山石，四體康且直。』阿母得聞之，零淚應聲落，『汝是大家子，仕宦於臺閣，愼勿爲婦死，貴賤情可薄？東家有賢女，窈窕豔城郭，阿母爲汝求，便復在旦夕。』

府吏再拜還，長嘆空房中，作計乃爾立，轉頭向戶裏，漸見愁煎迫。——其日牛馬嘶，新婦入青廬，淹淹黃昏後，寂寂人定初。『我命絕今日，魂去尸長留。』攬裙脫絲履，舉身赴清池。

府吏聞此事，心知長別離，徘徊顧樹下，自掛東南枝。

兩家求合葬，合葬華山傍。東西値松柏，左右種梧桐，枝枝相復蓋，葉葉相交通。中有雙飛鳥，自名爲鴛鴦，仰頭相向鳴，夜夜達五更。行人駐足聽，寡婦起彷徨。多謝後世人，戒之愼勿忘！

孔雀東南飛一詩，爲古代民間最偉大之故事詩。文字旣眞摯樸實，情節又復纏綿哀艷，淒切動人。並暴露古代昏姻不自由之痛苦，不特在詩歌中爲空前之創作，更足爲當時婦女社會生活重要之史料。專就其文學上之特色觀之，則有：

1 恰當之題材成爲創新之悲劇格式　此種格式不特在詩篇中不多見，卽在後來之傳奇劇本小說，亦不易見。

2 用對話敘述爲古代含有劇情之作品　中間敘述各人之對話，描寫各人之性格，使讀者易有眞切之認識。

3 敘述手腕經濟　詩中之人物有十二人之多，而其中五者之個性，完全自詩中表白出之。蘭芝爲主角，彼固爲一甚能了解愛情之女子，受夫家母家種種之壓迫，不得自由，因而出以消極反抗，一死了之。焦仲卿受家庭母親之壓迫，結果亦能殉情。仲卿母爲一嫉妬凶殘之悍婦。蘭芝母雖愛其女，亦愛莫能助。蘭芝兄僅知貪財慕勢。全詩雖只一千七百餘字，而敘述無微不至，其描寫眞可認爲最經濟之手腕。

4 作風樸實　首段『十三能織布』等句，於篇中又重複敘述；而十餘歲之敘述凡五見，均見其作風之樸素實摯。複字俗句甚多，而莫非出於自然。

5 敘述善於穿插　對話之寫情，非常樸實，非常哀苦，惟寫景物則渲染精緻。如『著我繡裌裙，事事四五通，足下躡絲履，頭上玳瑁光，腰若流紈素，耳著明月璫，指如削葱根，口如含珠丹，纖纖作細步，精妙世無雙』一段，寫於蘭芝被逼還母家之時，偏見作者敘述之閒暇。又如『青雀白鵠舫，四角龍子幡，婀娜隨風轉，金車玉作輪，躑躅青驄馬，流蘇金縷鞍，齎錢三百萬，皆用青絲穿，雜彩三百匹，交廣市鮭珍，從人四五百，鬱鬱登郡門。』此種華麗之句，穿插於悲苦之對話中，乃益襯出蘭芝之傷憐。

篇幅分量分配有相當之比例　在對話中每人所占量之多少，與詩中人物之重要性成正比例。占篇幅最多者爲蘭芝，次爲仲卿，次仲卿母，次蘭芝母，殊堪玩味。

此詩具備上述多方面之特點，誠不愧爲漢代民歌中最出色之叙事詩矣。

本章參考書：

印度與中國文化之親屬關係（飲冰室合集）　梁啓超

白話文學史上卷　胡適（商務）

中國文學史大綱　容肇祖（開明）

中國詩史上册　陸侃如、馮沅君（商務）

敬啟

「民國專題史」叢書，乃民國時期出版的著名學者、專家在某一專題領域的學術成果。所收圖書絶大部分著作權已進入公有領域，但仍有極少圖書著作權還在保護期内，需按相關要求支付著作權人或繼承人報酬。因未能全部聯系到相關著作權人，請見到此説明者及時與河南人民出版社聯系。

聯系人　楊光
聯系電話　0371-65788063